永遠に生きる方法

中村 啓
Nakamura Hiraku

さくら舎

目次◆永遠に生きる方法

永遠に生きる方法

プロローグ

「ステージ4の末期がんです。全身への転移が認められ、予想よりも進行が速いです。もはや手術もできなければ、抗がん剤も放射線治療も効きません。最新の免疫療法も効果が得られませんでした。現代の医療ではなすすべがありません」

宇宙船の船内のような近未来的なデザインの診察室で、白衣を着たグレイヘアの男性医師は、神妙な顔つきを崩さずに、はっきりとした口調でそう告げた。

「誠に残念です」

宇佐美知世（うさみともよ）は目の前の空間が歪むのを感じた。椅子の肘掛けをつかみ、なんとか体勢を保つ。

がんが見つかってこの一年間、仕事をセーブして、莫大なお金をかけてあらゆる治療を試してきたが、そのすべてが水泡に帰したのだ。

聞くのが恐ろしいが、聞かずにはいられない。

「わたしに残された時間はどれくらいかしら？」

重い口が開かれる。

「長くて三カ月ほどかと思われます」

「三カ月……」

想像以上に短い時間だった。一瞬、頭の中が真っ白になる。そして、自分の命よりも、ただ一人のことを思う。

あの子はどうなるのだろうか、と――。

医師は哀れみを隠そうともせずに言う。

「本当に残念です。どうか残された時間を、愛する方々と共にお過ごしください」

診察室を出て待合室へ向かうと、ソファに座っていた秘書の近藤梨奈（こんどうりな）がさっと立ち上がった。ネイビーのビジネススーツを一分の隙もなく着こなしている。シャツにはアイロンがかけられ、靴は磨き上げられている。知世の会社に梨奈が新卒で入社してから、八年の付き合いになる。知世のスケジュールはビジネスからプライベートに至るまですべて把握している。

梨奈はいつにも増して白い顔をしていた。大きな瞳が揺れている。

「社長、いかがでしたか？」

知世は震える息を吐いた。

「余命三カ月だって。もう手の施しようがないって……」

「そんな……」

梨奈は絶句した。双眸から涙が零（こぼ）れ落ちる。

「何か方法があるはずです。代替医療とか何か――」

さえぎって言った。

「ここのクリニックがお金持ちだけを相手にしているのは知っているでしょう。世界でも最先端の医療技術を誇っていて、その分、料金もとても高額に設定されている。そこの院長先生がなすすべがないとさじを投げたのよ。何をしてももう助かる道はないわ」

悔しい気持ちから言う。

「いいのよ。もう十分に生きたんだから」

「そんな……、まだ五七歳ですよ」

「それでも普通の人の数回分の人生を経験したわ。十分に生きた……」

宇佐美知世は、製薬会社クロノスの経営者である宇佐美辰郎を事故で亡くしたあと、社長の地位を引き継いだ。いまから十五年前のことだ。以来、寝食以外のすべての時間を仕事に注ぎ、身を粉にして働いてきた。七年前には会社を上場させた。さらに会社を拡大するために、プライベートジェットに乗って、世界中を飛び回った。有望な研究を視察して、企業買収も行った。それは辰郎の遺した会社を守り、発展させるためでもあったが、もう一つ大事な目的があった。

一人息子の陽斗の将来のためだ。高齢出産のために人工授精を行い、ようやく授かった子だ。

今年で十六歳になる陽斗は自閉スペクトラム症を患っている。発達障害の一つであり、生まれつきの脳の異常により、言語の発達の遅れやコミュニケーションに障害が出る病気である。陽斗は人と普通に会話をすることが難しい。相手の話の内容は理解できるが、言葉をきちんと発することができない。集中力がなく、落ち着きもないため、普通の子と同じように勉強することができない。

十六歳になったいま、特別支援学校に通っているが、ここのところ学校に行きたがらず、自室に引きこもりがちだ。友達もいない。知世だけが頼りだ。

お金はある。陽斗が一生困らないだけのお金が。人を雇って身のまわりの世話をしてもらうこともできる。それでもなお、知世は陽斗の将来が心配だった。ずっとそばにいて見守ってやりたいと心から願う。

末期のがんと知ったときから死を覚悟していたが、頭のどこかでは治ることも期待していた。だから、残りの人生についてはぼんやりとしか考えてこなかった。

残りはたった三カ月――。

いまや死を受け入れなければならなかった。覚悟していたのだから、そう難しいことではない。もちろん、つらく苦しいことではあるが。

やるべきことは多い。いわゆる終活だ。遺言状はすでに弁護士に託してある。葬儀やお墓の準備、財産の整理と相続といった内容だ。友人知人への告知も済ませなければならない。会社を誰に引き継がせるかも考えなければ……。

一番の気がかりは、やはり陽斗だ。

「明日以降の予定をすべてキャンセルして」

「かしこまりました」

　梨奈はきびきびした足取りでクリニックの外へ出た。出入口のガラスドア越しに、スマホで連絡を取る姿が見える。陽だまりの中で若さが輝いている。知世は少しだけ彼女をうらやましく思った。


　港区にあるタワー型マンションの最上階にある自宅に戻ると、大理石の敷き詰められた玄関の靴脱ぎ場まで、いつものように〈マカロニ〉が出迎えにやってきた。

「知世、お帰りなさい」

　幼い中性的な声が響く。マカロニは身長一四〇センチの人型ロボットだ。顔は大きな楕円形の目が二つ付いているだけだが、その中身は最新の科学技術が詰め込まれている。人工知能（AI）を搭載しており、あたかも人間であるかのように思考し、受け答えすることができる。Ｗｉ－Ｆｉにより広大なインターネットに接続され、無限ともいえる情報にアクセスし、いかなる質問にも答えることが可能だ。感情はないが、会話の内容から類推して、感情を言い表すことができ、あたかも人間と話しているような錯覚に陥るほどである。

　話し相手になるだけではない。梨奈のスケジュールアプリとも連動しているため、その日の朝一番に予定を教えてくれるし、人間の体表から照射される赤外線量から体温を測定することもできれば、心拍数や呼吸数を計測することもできる。まさに最先端科学の結晶だ。

かつて、知世はマカロニに尋ねてみたことがある。

「自閉スペクトラム症を治す方法はあるかしら?」

「現段階において、自閉スペクトラム症に根本的な治療法は存在しません。特に陽斗さんの場合、知的障害も見られます。治療は不可能です」

マカロニは残念そうな口調ながら無慈悲にそう答えた。陽斗の健康状態を含む既往歴を伝えてあるため、病状を正確に把握している。必要な情報さえ与えれば、平均的な医師と同等以上の診断を下すことができる。人と違って誤診はない。

長い廊下を進んでリビングへ移動すると、マカロニが後ろからついてきた。ロボットとは思えない軽快な二足歩行だ。

高級ホテルのスイートルームのような広いリビングからは都心が一望できる。まるで天界に住んでいるかのようだ。それが気に入ってこの部屋を購入した。

窓辺に置かれたソファセットの中央に腰を下ろすと、知世は数年ぶりに尋ねてみた。

「マカロニ、自閉スペクトラム症を治す方法はある?」

マカロニは数瞬の時間を置いて答えた。ネットであらためて情報を収集したのだろう。

「現段階において、自閉スペクトラム症を根本的に治療する方法は存在しません」

知世はすぐに別の質問をぶつけてみた。

「ねえ、末期がんを治療する方法はない？　余命三カ月と宣告された末期がんを治療する方法は？」

自分のがんの病状についても子細に伝えている。

マカロニは残念そうに頭を振る。

「残念ながら、余命三カ月と宣告された進行性の末期がんは現代医学では治療が困難だと考えられます。しかし、末期がん患者ががんを克服して、宣告された余命よりも長生きした症例は数多く報告されています。ある種の民間療法で治ったとされる症例が――」

「わたしは科学しか信じない」

きっぱりと言うと、マカロニは困惑したように小首をかしげた。それから、同情するような口調になって言った。

「知世の場合、がん細胞が全身に転移しているため、治療はほぼ困難かと思われます」

「そう。そうなのね……」

身体から力が抜けて、知世はがっくりと肩を落とした。

陽斗の病気が治らないのならば、自分が少しでも長く生きて世話をする以外にないと思ったが、その道もまた断たれてしまった。

一般的にいって、順当にいけば、子より親のほうが先に死ぬものだ。一生そばで見守ってやることはしょせんできない。

自分が死んだあと、陽斗はどうなるのだろう。一人で生きていけるだろうか。たとえ、お手伝いさんを雇ったとしても、一日二四時間、三六五日一緒にいてくれるわけではない。親しい親族もいなければ、友達もいない。陽斗は一人だ。それで生きていくのはつらいことではないか。淋しく虚しいことではないのか。

それを思うと、胸が押しつぶされそうになるほど苦しい。

「マカロニはいいわね。病気もしない。苦しみもない。電源さえ確保できれば、永遠に生きられるんだもの」

ついつい愚痴が漏れる。

「そうかもしれません」

「ロボットに比べたら、人間の寿命なんてはかないものよ。もっと長く生きることができたら、その間に科学が進歩して、がんも自閉スペクトラム症も治せるようになるかもしれないのに……」

マカロニは小首をかしげた。何か思案を巡らせているというように。

「知世は、永く生きたいとお考えですか？」

知世は少しむっとした。

「もちろんよ。わたしはまだ死にたくない。何より、陽斗を残して死ぬのは嫌よ。わたしがいなくなったら、誰があの子の面倒を看てくれるっていうの？」

「なるほど……」

マカロニは沈黙した。先の話を続けようかどうしようか迷っているようだ。

「何か言いたいことがあるの？」

「実は、ネット上に存在する不確かな情報ではありますが、最先端科学の力によって、人間の平均寿命をはるかに超えて生きている人々がいるとの情報があります。〝超長寿者〟と呼ばれる方々です」

「超長寿者……？」

「もしも、永く生きることにご興味があるのならば、その方々を訪ねて、話を聞いてみるのはいかがでしょうか。何がしか知世にとって参考になることがあるのではないかと思うのです」

「そんな人たちがいるのね？」

「数は多くはありませんが、存在します。その中でも、信憑性の高い人物だけを選り分けると、世界に四人いらっしゃいます」

「彼らと連絡が取れる？」

「お望みとあらば」

「マカロニ、お願い。わたし、その人たちと会いたい。すぐにアポを取ってちょうだい」

「承知しました」

もちろん、自分自身、長く生きたいという願望もある。しかし、それ以上に、陽斗に長く生きてもらいたい。自閉スペクトラム症の根本的な治療法が確立される未来まで、長く生きてもらいたい。あの子にも普通の子と同じような生活を、人生を送ってもらいたい。

「陽斗は？」

「お部屋で絵を描いています」

陽斗は絵を描くのが好きだ。親の欲目かもしれないが、才能があるように思う。描く絵は人物画や静物画だ。それも対象を見ないで、記憶を頼りに描くのだ。だから、リアルなものではないが、線に力があり、色彩がとても豊かだった。

医師に余命宣告を受けたことをどう切り出したらいいか。がん治療を受けていたことも陽斗には黙っていた。必ずがんに打ち克つと思っていたからだ。

知世は陽斗の部屋の前までやってきたが、なかなかその扉を叩くことができなかった。

お母さんね、あと三カ月しか生きられないんだって……。

陽斗は理解に苦しむだろう。そして、自分の行く先におびえるはずだ。

それでも、陽斗に言わなくてはいけない。いつ死ぬかわからないのだから。

知世は覚悟を決めて、ドアをノックした。反応がない。いつものことだ。だから、少し待ってからドアを開いた。

部屋は画材道具が散乱していた。絵の具の付いた筆が床に転がり、絵の具のチューブは蓋が開いた状態でうち捨てられていた。テレピン油の化学的な匂いが充満している。どこかにこぼれているのかもしれない。

陽斗は部屋を片付けることができない。だから、自分が定期的に片付けてやる必要があった。知世が死んだら、この部屋はどうなってしまうのか。そんなことを思わずにいられない。

イーゼルに一枚の絵が立てかけられ、向き合うように寝間着姿の陽斗が立っていた。頭には盛大な寝癖がついている。朝起きて顔を洗っていないはずだ。外に出ないからではない。思春期になっても見た目を気にする様子はない。

「陽斗」

名前を呼ぶと、こちらを振り返った。頬にオレンジ色の絵の具がついている。手も絵の具だらけだ。

まじまじと息子の顔を見つめる。少し痩せたかもしれない。部屋に引きこもり、絵ばかり描いているからだ。朝ご飯は一緒に食べているが、絵に没頭すると昼食を忘れることがある。健康な生活とは程遠い。このままではいけないのはわかっているが、どうしたらいいのかわからない。

キャンバスを見た。オレンジ色の猫がどこかの家の庭先で昼寝をしている。陽斗は猫が好きだ。一度も飼ったことはないが、近所の猫を好きになり、図鑑で毎日のようにながめている。街で見かけると追いかけ回す。それで迷子になったことがある。

溌溂（はつらつ）としたいい絵だと思う。色彩感覚が独特だ。線も力強さがある。見ていると元気が湧いてくる絵だった。知世はいつか陽斗が画家として大成してくれることを夢見ていた。その夢も死んでしまっては見られない。

胸が苦しくなる。泣いてはいけないと自分を戒め、そして、口を開いた。

「お母さんね、陽斗に大事な話があるの」

「うん」

陽斗は機嫌がいいのか、にこにこしている。

どう切り出したらいいかと迷う。だが、素直に打ち明けるしかない。

「あのね、ずっと言わないでいたんだけど、お母さん、がんになっちゃった」

陽斗が意味を理解するまでには少し時間があった。やがて、顔から笑みが消えた。事の重大さが伝わったのだ。

知世は息子の顔を見つめ、絞り出すように言葉を続ける。

「もうね、長くはないかもしれないの。わかる？　お母さんね、もう長くは生きられないんだって……」

堪えていた涙がどっと溢れた。

陽斗が断末魔のような奇声を上げた。耳を両手でふさぎ、その場で足を踏み鳴らす。

「わああああ」

知世は息子の肩に手を置いた。

「陽斗、聞いて。お医者さんがね、もう治らないって。お母さんはもうすぐ死んじゃうって……。だから、陽斗はこれから一人で生きていかなくちゃならないんだよ」

「お母さん、死んじゃイヤだよ。お母さん、死んじゃイヤだよ！」

陽斗が泣き叫ぶ。

「お母さんだって死にたくない。でもね、いつか死ぬんだよ。人はみんないつか死ぬの」

「お母さん、死んじゃイヤだよ。お母さん、死んじゃイヤだよ！」

陽斗は同じ言葉を繰り返した。地団駄を踏みながら、何度も何度も繰り返して叫ぶ。

「ごめんね……」

知世は息子の頭を引き寄せ、胸に抱いた。

「本当にごめん」

頭をやさしく何度もなでてやる。もう十六歳なのに、知世にとってはいつまでも赤ん坊のままだ。

「わああああ」

陽斗はずっと知世の胸の中で泣き喚いていた。

知世もまた息子を抱きしめたまま泣いていた。

第1章　半分ロボットの男

1

不老不死は人類が望む普遍的なテーマだ。

紀元前二二一年、中国史上初の天下統一を果たした秦の始皇帝は、永遠の命を願い、生涯をかけてその霊薬を探し求めたという。広大な領土を経巡り、霊験あらたかな山々で供犠を執り行い、呪術師や賢者によって処方された〝霊薬〟を服用した。

ある日、徐福という賢者と出会う。「東方の三神山に長生不老の霊薬がある」と奏上する徐福に、始皇帝は三〇〇〇人の童男童女と莫大な資金を与え、霊薬を見つけてくるよう命じた。しかし、東方に向けて二度も出帆したものの、徐福は霊薬を見つけられず、始皇帝の怒りを恐れ、ついに秦には戻らなかった。ある伝承によれば、徐福がたどり着いたのは日本だったという。日本各地に徐福が立ち寄ったという伝説が残っている。

「人は誰しも自分がいつか死ぬ運命にあることを知っています。赤の他人が事故で命を落としたり、家族や友人知人が病気で亡くなったりするのを見聞きすれば、自分も例外なく同じ運命をたどることに気づくでしょう。でも、誰もが自分の死を受け入れられません。自分の死をイメージできないからです。だから、人はみな永遠に生きるかのように錯覚しながら生きるのです」

チャーターしたプライベートジェットの機内で、柔らかな革張りのシートに腰を掛けたマカロニは、人類の死生観について教えてくれた。

「これが哲学博士のスティーヴン・ケイヴの言うところの〝死のパラドックス〟です。人間は経験できないものを存在するとは信じられないんです。人は誰も自分の死を経験して戻ってくることはできませんからね。だから、死を信じることができないんです」

　余命宣告を受けて初めて、知世もまたこの人生には終わりがあるのだと悟った。マカロニが言うように、これまではまるで永遠に生きるかのように日々を生きてきてしまった。秘書の近藤梨奈には「十分に生きた」と言ったが、それは悔しさからついた嘘だ。後悔は山のようにある。陽斗にもっと寄り添ってあげられたらよかったのに……。人は死ぬときに、やったことよりもやらなかったことを後悔するというが、それは本当の話だ。

　まだ完全にあきらめたわけではない。余命宣告された時間より長く生きることもできるかもしれない。知世は藁にも縋る思いでマカロニが絞り込んだ世界の超長寿者たちに会いに行くと決めた。その一人がここアメリカ合衆国カリフォルニア州北部にあるシャスタにいるという。

　最初に会う超長寿者は、マイケル・ダイヤモンドという男性だ。年齢はなんと一三二歳だというが、本当だろうか？　人間の寿命には限界があり、最長で一二〇歳までしか生きられないという通説がある。それより十歳以上長く生きていることになる。どうしてそんなことが可能なのだろう。知世は一刻も早く会って話を聞いてみたかった。

知世は陽斗にも一緒に来てはどうかと勧めた。だが、陽斗は行きたくないと頑なに言い張った。母親の死が受け止められないのかもしれない。部屋に引きこもったまま、出発する朝も見送ってはくれなかった。

怒っているのだ。自分を一人残し、勝手に死にゆく母に——。

息子のことは梨奈と家事を手伝いに来てくれる小畑真砂(こはたまさ)さんに任せ、知世はマカロニと二人で超長寿者を訪ねることにした。

約九時間の快適なフライトを終え、サンフランシスコ国際空港へ到着した。空港近くのホテルにスーツケースなどの大きな荷物を置き、トレッキング用の服装と靴に着替える。これから山に入らなくてはならない。十一月の初旬なので、それなりの防寒対策が必要だ。

それから、レンタカーを借り、助手席にマカロニを乗せ、四時間半ほど車を走らせると、ハイウェイの先、広大な緑の森の向こうに、真っ白い雪を戴いた雄大なマウント・シャスタが見えてきた。

この地に住むネイティブ・アメリカンの聖なる山とされ、スピリチュアルなパワースポットとしても有名だ。麓の湧き水はボトリングされて、ミネラルウォーターの〝クリスタルガイザー〟として世界中で売られている。

マカロニが超長寿者から教えられた住所はGPS座標であり、だだっ広い森の一端を指していた。車で近くまで行ってみると、「ここから先、私有地につき立ち入り禁止」と書かれた看板の横に、およそトレイルとは程遠い山道の入口が開いていた。森の奥のほうへと続いている。

「この森の中にいるってこと？」

「ＧＰＳ座標からいえば、そういうことになりますね」

知世はため息をつくと、マカロニと一緒に車を降りた。

大きな常緑針葉樹の木々が一帯を埋め尽くしていた。地面を緑の苔が覆っている。身体を仰け反らせて見上げると、はるか上のほうでは枝が四方へ張り出し、針のような形をした葉が茂っている。木々の樹冠の連なりの間に、青い空と煙るような白い雲が覗く。たまに駆けていくリスの姿を見かけるものの、森の中はひっそりとして、まるで時間が止まったような場所だった。

黙ったままでいると、森の一部に取り込まれてしまうような恐怖を覚え、知世はマカロニに尋ねた。

「こんなところに超長寿者がいるの？」

マカロニは基本的には在宅用のロボットだが、屋外を歩き回ることも十分に可能だ。でこぼこ道を倒れることなく歩くくらいのスペックはある。しかも息切れすることもない。

「先方からいただいたメールによれば、この森の奥に山小屋があるそうで、そこにいらっしゃるはずです」

「それにしても、一三二歳だなんて本当かしら？　これまでに知られている人類史上の最高齢って何歳なの？」

「フランス人のジャンヌ・カルマンさんの一二二歳と一六四日が最高齢だと言われています。しかし、のちになって、ジャンヌさんの娘のイヴォンヌさんが入れ替わったのではないかとの疑惑が持ち上がりました。真相は明らかになっていません」

「そんなことがあったのね……。人間はどのくらいまで生きられるのかしらねえ」

「人類の寿命の限界が何歳なのかはわかりませんが、平均寿命が延びていることは確かです。一八四〇年代のヨーロッパでは平均寿命は四〇歳でした。しかし、二〇一四年の時点、日本や北欧では八三歳まで延びています」

「それはどうして？」

「食事や栄養の充実、公衆衛生環境が整ったこと、医薬による感染症の減少などが主な理由だと思われます。特に乳幼児の死亡率が大幅に低下したことが大きいですね。なので、人類の早死にが減ったというだけで、寿命の限界が延びているというわけではなさそうですね」

「そうなのね。じゃあ、マイケル・ダイヤモンドさんの一三二歳という年齢は驚異的ね

――」

知世はぴたりと足を止めた。遠くのほうから枝の折れる音がしたのだ。

「誰かいる……」

「人ではないかもしれません」

「じゃあ、何なの？」

マカロニがのんびりとした口調で言う。

「言い忘れていましたが、この森にはクマが棲息（せいそく）しています。人よりも大きなクマなので気を付けたほうがよさそうです」

「はい？　何でそんな大事なことをいまごろ言うのよ」

「すみません。尋ねられなかったものですから」

「まったくもう……」

急に怖くなってきた。先を急ごうと足を踏み出したとき、何かが破裂するような大きな音が響いた。

その直後、知世の真横にある巨木の幹が弾けた。

「ひっ！」

短い悲鳴を上げると、その場にかがみ込んだ。

「何事なの⁉」

「銃声ですね。どうやらクマと間違って、撃たれたようです」

マカロニのやけに落ち着いた声に腹が立つ。こちらは命の危険を感じているというのに。いろんなことを経験してきたが、銃で撃たれたのは初めてだ。がんで死ぬより先に、銃弾に斃れるのは御免だ。

知世は大声で叫んだ。

「撃たないで！　人間よ！」

「わたしは人間ではありません」

マカロニがとぼけたことを言う。

「余計なことを言わないで！」

遠くから大声が上がった。

「しまった！　人間だったか……。大丈夫かね？」

目を凝らすと、木々の隙間に人の姿がかろうじて見える。

知世は立ち上がると、声のほうに向かって叫んだ。

「大丈夫です。わたし、日本から来た宇佐美知世です。マイケル・ダイヤモンドさんですか？　お会いする約束をしたと思うんですが」

大きな声が返ってくる。

「ああ、思い出した。思い出した。約束の日は今日だったか……。いかにも、わしがマイケル・ダイヤモンドだ」

　マカロニが言う。

「間違いありません。顔認証により本人と一致しました」

　その目には望遠レンズ機能も備わっている。男の顔を捉え、本人に送ってもらった写真と照合したようだ。

　男がこちらに向かって歩いてきた。木々の向こうの人影が徐々に大きくなる。

「やあ。遠路はるばるよく来たね」

　マイケル・ダイヤモンドは巨漢だった。一九〇センチ以上あるだろうか。日に干してなめしたような顔には多くのしわが刻まれ、神格化された古代の神々のような豊かな白い山羊鬚（やぎひげ）を生やしていた。右肩から猟銃を吊るし、どこにでも売っていそうなデニムのシャツを着て、その上に茶色いベストを羽織り、カーキ色のズボンを穿いていた。

　知世は一驚して尋ねた。

「あなたは本当にマイケル・ダイヤモンドさん？」

　男の顔はしわだらけだったが、それでも八〇歳くらいの老人に見えた。一三二歳の面貌がどんなものかは見たことがないのでわからないが、一〇〇歳を超えているようには見えない。

　ダイヤモンドは面白そうに笑った。

「もちろん。年齢よりは若く見えるだろう。みんな驚くがね。正真正銘、本人だ。運転免許証をあとで見せよう」

「あの、ダイヤモンドさん……」

「マイケルと呼んでくれ」

「マイケル、一三二歳というのは本当なの？」

「いかにも、今日で一三二年と七カ月と二三日、生きた」

「日にちまで覚えているのね」

マイケルはうなずいた。

「そう。指折り数えている。永く生きていると時間をおろそかにしがちだ。永遠にあるように思えてくるからね。だが、時間はまぎれもなく有限だし、人生のすべてでもある。だから、生きてきた月日を忘れないようにわしは毎朝、指折り数えている」

とても永く生きてきた者だからこそ言える含蓄のある言葉だと思った。時は金なりと言うがとんでもない。

時こそすべてなのだ。

「わたしはね、超長寿者がいるというから、日本から海を渡って会いに来たの。あなたが一三二歳だという証拠はあるの？」

残りの人生の貴重な時間を使って、はるばる日本からやってきたのだ。ペテンにかけられている暇はない。

実際、一三二歳であることを証明することは難しい。身分証明書だって偽造できれば、過去の写真だっていくらでも加工できる。いったいどういう方法で証明できるのか、知世には見当がつかない。

超長寿者はにやりと口元を弛めた。

「あんたの目がエックス線だったら度肝を抜かれただろうよ」

意味がわからず、知世は尋ねた。

「どうして？」

「わしの身体が半分ロボットだからだよ」

そう言って、マイケルは左胸を拳で叩いた。

2

機上でマカロニに教えられたのだが、マイケル・ダイヤモンドは七五歳までスーパーマーケットチェーンのオーナーだったという。彼一代でゼロから巨大な企業に育てたというのだから大したものだ。

考えてみれば、経済的に恵まれていなければ、超長寿者であり続けることはできない。

現代社会において、生きるにはお金が要るからだ。また、お金持ちでなければ、超長寿者になれるような科学技術の恩恵を受けられないだろう。そう思うと、知世は自らも比較的富裕者の身でありながら、人類の未来に暗澹(あんたん)たるものを感じざるを得なかった。

いま世界では二極化が進んでいるという。政治的、社会的、経済的な格差が広がっているのだ。北アメリカ、欧州、日本などの先進国が高度な技術や豊かな資源を手に入れ、先進的な市場経済を発展させている一方で、アフリカ、中南米、アジアの途上国は、貧困、教育水準の低下、健康問題などの社会問題に直面している。

いや、同じ日本という大国の中でさえ、経済的な格差が激しくなってきている。富める者はますます富み、貧しき者は持っているものさえ奪われる。

知世が受診している最先端医療を提供するクリニックは富裕者でなければそのサービスを受けられないだろう。かつては命という時間を金で買うことはできなかった。しかし、いまや富める者はそれさえ金で手に入れようとしている。

マイケルのあとに続いて森の中を歩いていく。やがて大きな二階建てのログハウスが現れた。玄関ポーチから中に入ると、ヒノキのいい香りが鼻孔を突く。積み重ねられた丸太の壁が美しい木目の模様をつくっている。

知世とマカロニが案内された部屋はテニスコート一面ほどもあった。これまで狩ってきた獲物だろう、立派な角の生えたシカやイノシシ、とんでもなく大きなクマなどの動物たちの剝製が壁という壁に飾られていた。天井からはサメの骨格まで吊るされている。

レンガで組み上げられた暖炉では、小さな火がちろちろと燃えていた。マントルピースの上には写真立てが飾られ、若き日の主が写っていた。白黒のものまである。知世は写真に顔を近づけた。三十代と思しきころと比べると、さすがにいまはその面影はない。

マイケルが愚痴っぽい口調で言った。

「年を取ると、昔を懐かしむことが増えるよ。やっぱり最盛期は昔だったからね」

知世は答えに詰まった。自分の最盛期はいつだったろう。いつの間にかその時期は過ぎてしまい、もう引き返すことはできない。

「さあ、ゆっくりしてくれ。いまレモネードをつくってくるから」

超長寿者はかくしゃくとした足取りで、アイランド型のキッチンに向かうと、冷蔵庫からレモンを数個取り出し、皮の付いたままミキサーの中に放り込んだ。それから、蜂蜜をたっぷり垂らすと、スイッチをオンにする。耳障りな音がしばらく鳴り響いた。

「そっちのロボットは何もいらないのかね？」

「ええ、マカロニは大丈夫よ。一日に一度コンセントにつなげばそれで満足なんです」

マカロニと並んで暖炉に近い革張りのソファに腰を下ろすと、知世はあらためて剝製になった動物たちを見回した。

なんだか居心地の悪さを感じる。この部屋は生き物の死であふれている。殺された動物たちの怨霊が渦巻いているとまでは思わなかったが、けっして気持ちのよいところではなかった。

「あなたにとってここは自慢の居間なんでしょうね。でも、わたしはなんだか殺された動物たちににらまれているような気がするけれど……」

マイケルがレモネードの入ったグラスを二人分持って戻ってきた。知世に一つを手渡すと、少し離れたソファに座った。

「世の中には動物を殺すことを楽しむ人たちもいる。それがトロフィーだと思っているハンターが。でも、わしは殺した動物たちをトロフィーだと思ったことは一度もない。食うために殺した。ただそれだけのことだ。感謝の気持ちでここに飾っているんだよ」

そう言って、広い部屋をぐるりと見渡した。

「ずいぶんと食ってきたもんだ。ここに置ききれなかったものもたくさんある。永く生きるということはそれだけ永く殺し続けるってことだ。生きるということは他の生き物の命をいただくことだから」

知世はこの部屋を不快に思ったことを少し恥ずかしく思った。

「確かにそうね。現代の社会ではわたしたち消費者には隠されているけれど、多くの動物たちが実際に殺されているわね」

「肉を食べるためには動物や魚を殺さなきゃいけないし、菜食主義者だとしても植物を刈り取らなければならない。一人の人間が生きるために、どれだけ多くの生き物が犠牲になっているか。普段生きているとそのことに気づかないが、自分で獲物を狩って、捌(さば)いて、食べると、〝ああ、わしはこの地球に生かされているんだな〟って心から感謝できるんだよ。その感謝を日々感じたいために、わしは自分で食べ物を調達することにしている。まあ、たまには三つ星レストランで高級料理を口にすることはあるがね」

マイケルはレモネードのグラスに口をつけると、穏やかな眼差しで知世を見つめた。

「さて、どうしてわしに会いに来たのかな？」

知世は正直に話そうと決めた。この超長寿者にはどんなことを話しても受け入れてくれるだけの心の広さがあるように思えたのだ。

「わたしは医師から余命宣告を受けました。末期のがんです。医師によれば、もってあと三カ月ということです。できれば、もっと長く生きたい。あなたのような超長寿者に会えば、もう少し長く生きられるヒントがもらえるのではないか、そう考えました」

「なるほど。家族は？」

「夫は十五年前に他界しました。自ら操縦するヘリコプターが墜落して……。息子が一人います。自閉スペクトラム症を患っていて、コミュニケーションが上手く取れません。わたしががんを患い、余命が少ないことは理解してくれました」

知世は言葉を選びつつ続けた。

「息子を一人残して死んでいくのがつらいんです。あの子の将来が心配で……。陽斗も長く生きられたらと思うんです。自閉スペクトラム症が治るくらい科学技術が発達した未来まで」

マイケルは豊かな白い顎髭をなでながら、じっと耳を傾けていた。

「だから、長く生きる方法があれば知りたいんです。わたしのために、陽斗のために」

「なるほど。わしが想像できないようなつらい思いをされてきたんだろう。よくわかった。わしが実践している方法であれば、教えてあげられる。知世のためになるかどうかはわからないがね」

「お願いします」

知世は頭を下げた。

マイケルはしっかとうなずくと、ソファから立ち上がった。

「それでは、ご婦人の前で申し訳ないが、シャツを脱がせてもらうよ」

そう言うと、デニムのシャツのボタンを外していった。露わになった上半身は、筋肉が削げ落ち、皮膚がたるんでいた。一三二歳の身体がどのようなものか見たことはないが、やはり八十代くらいの身体のように見える。

だが、知世が驚いたのはそんなことではない。マイケルの身体のあちこちに手術痕のような傷跡がたくさん刻まれていたことだ。胸の真ん中、首の下からみぞおちにかけて縦長の傷が走っており、両脇から胸にかけてカーブを描く傷跡もあった。腹部にも大きな傷がある。それは見るもおぞましい光景だった。

知世は呆気に取られ、しばし言葉を失った。

「いま見えるところだけじゃない。わしの身体はいたるところ傷だらけだ」

マイケルは朗らかに笑うと、手術痕の説明を始めた。

「心臓をはじめ、二つの肺、二つの腎臓、肝臓、脾臓を摘出し、人工心臓、人工肺、人工腎臓、人工肝臓、人工脾臓と取り替えている。いずれも全置換型と呼ばれるもので、超寿命のバッテリーを含め、すべてのデバイスがわしの体内に収まり、稼働してくれている。あと、人工網膜と人工内耳も埋め込んでいるな」

知世は驚いて聞き返した。

「じ、人工の臓器……？」

「さよう。これからは人工臓器が活躍する時代だ。世界的に臓器提供者（ドナー）の数が不足しているのは知っているかね？　運よく血液型やヒト白血球抗原（HLA）などの適合条件をクリアして、移植手術に成功した場合でも、身体が拒絶反応を起こして、移植した臓器がダメになってしまうことがままある。また、世界中で多くの人々が臓器移植を希望しているが、手術が行われるまでに長い年月を待たなければならない」

知世に人工臓器の知識がないと察したのだろう。マカロニが補足説明をしてくれる。

「日本で臓器移植を希望して待機している患者は、約一万六〇〇〇人いるそうです。しかし、実際に手術を受けられる患者は、年間で約四〇〇人。待機期間としては、心臓が約三年半、肝臓が約一年、肺が約二年半、膵臓は約三年半、小腸が約一年、腎臓は約十五年になるといいます」

「そんなに待機時間がかかっているの……」

少なくない患者たちが待機中に命を落としていくのは想像に難くない。

「さらには、貧困にあえぐ人々が臓器売買の犠牲になっているという痛ましい現実もある。臓器は金になるからね」

「ひどい話だわ……」

傷跡を見せ終わると、マイケルは再びシャツを身に着けた。

「だからこそ、人工臓器が必要なんだ。わしの身体に埋め込まれているものはどれも最先端の臓器で、まだ一般には出回っていないものばかりだが、やがて希望するすべての患者に埋め込まれるようになる日が来るよ。人工臓器が量産される時代が来れば、待機時間などなくなるし、臓器売買の被害者もいなくなるだろう」

「すごい……」

知世は初めて耳にする科学技術に興奮していた。

「人類を幸福にする素晴らしい技術だと思います。人工臓器について詳しく教えてください」

「そのつもりだ。主だったものを一つずつ解説していこう」

マイケルはまず自分の心臓の位置に手を当てた。

「最初に移植したのは人工心臓だ。父方は心臓が悪い家系でね。父のアダムも心不全で他界したよ。まだ五八歳という若さだった。そのとき、わしはまだ二三歳だったか。アダムは車を運転中に心不全を起こし、事故を起こして死んだ。遺体は見るも無残な有り様だったよ。人を巻き込まなかったことが不幸中の幸いだった。あんなふうな死に方はしたくないと思ったものだよ」

そのときの記憶に浸るように、マイケルは沈鬱な表情を浮かべた。

「父親の血をわしは濃く引いていた。最初に心臓の不調を感じたのは、奇しくもアダムと同じ五八歳のとき。三番目の妻のキャサリンと結婚してまだ数カ月というときだった。

その前から、顔や手足のむくみが気になってはいたんだ。近所のクリニックの医者に診てもらい、漢方薬を処方してもらった。

よく効いたから心配しなくなったんだが、それから九年経ったある日、六五歳になったとき、突然、激しい心臓発作に見舞われた。

そこで、大きな大学病院へ行って、レントゲンを撮ってもらった結果、心臓が通常の二倍の大きさに肥大していることがわかった。医者はこのままでは一カ月と生きられないと宣告したあと、ダメ押しするように悪い情報を二つ付け加えた。一つ、早急に心臓を移植しなければ助からないこと。二つ、しかし、移植できる心臓がないこと」

超長寿者はふっと不敵な笑みを浮かべる。

「だが、このまま死ぬとは思わなかったんだ。何か助かる方法があるはずだと信じて疑わなかった。そして、友人や知人を頼りに聞いて回り、残されたもう一つの方法を見つけたんだ」

「それが人工心臓だったのね？」

「そうだ。人工心臓というのは悪くなった心臓の代わりに全身に血液を送るポンプの機能を持った人工臓器だ。その当時、人工心臓は生まれたばかりで、いまのような全置換型ではなかったんだよ。補助人工心臓といって、開胸手術によって埋め込まれた人工心臓からはチューブが伸びて、腹部を貫通し、体外にあるバッテリー付きの駆動装置につなげなければならなかった。その重い装置をショルダーバッグに入れて、常に持ち歩くというわけだ。駆動装置は一日に一回必ず充電しないといけない。さらには、貫通した穴から常に感染症のリスクにさらされる危険もあった」

聞いているだけでも、その労苦が伝わってくる。

「それでも死ぬのに比べたらぜんぜんましだし、何といってもわしは元気を取り戻した。それから時が過ぎ、科学技術は格段の進歩を遂げ、全置換型の人工心臓が完成した。すべてのパーツが体内に収まる人工心臓だ。もう重たいバッテリーの入ったショルダーバッグを持ち歩く必要はない。電力は皮膚を介して電磁誘導で供給される。すごいもんだろう。わしは真っ先に移植を受けたよ。それ以来、何度かの修理は受けたが、いまもこの胸の奥で鼓動を打ってくれている」

マイケルは愛おしそうに心臓のあるあたりをさすった。

マカロニが説明を加えてくれる。

「今日、アメリカでは死因の第一位が心疾患だといいます。日本でも一位のがんに続き、二位にランクしています。ドナーから提供される心臓の数は圧倒的に足りていませんから、人工心臓はこれからの超高齢社会においてその需要は高まる一方でしょう」

なるほど、どれほど多くの人々が人工心臓により命を助けられるか、そして、延命することができるか。

人工心臓のすばらしさを理解しながら、知世は不思議な気持ちになった。マイケルの胸の奥にはもう生身の心臓はないのだという。それが奇妙なことのように思えたのだ。

心臓は人体の臓器の中でも非常に重要なパーツだと思われてきた。心は心臓のあたりにあると思っている日本人は多い。英語では〈心〉も〈心臓〉もともに〈Heart〉だ。にもかかわらず、悪くなった心臓を人工のポンプと取り替えただけで、人は元気を取り戻し、命が救われるというのだ。

続いて、マイケルはお腹の右上あたりに手を触れた。

「次にダメになったのは肝臓だ。七二歳のときのことだ。わしは大のビール好きでね。若いころから浴びるように飲んできた結果だな。ついには肝硬変になってしまった」

マカロニが肝臓について教えてくれる。

「肝臓の主な働きは三つあります。一つ目は、人間の身体に必要なたんぱく質の合成と栄養の貯蔵、二つ目は、有害物質の解毒と分解、三つ目が、食べ物の消化に必要な胆汁の合成と分泌です」

マイケルが先を続ける。

「肝臓というのは非常に複雑な臓器でね。わかっているだけでも五〇〇以上の化学反応を行っている。現代科学の力をもってしても、複雑な肝臓を人工装置だけで作製することは難しいんだ。そのため、人工装置と肝細胞を組み合わせたバイオハイブリッド型の人工肝臓が生み出された。当初は人の肝細胞の培養が難しかったが、いまではちゃんと本人の肝細胞を培養したものが使われている」

そう言って、腰の少し上の背中側に両手を触れる。

「その次にガタが来たのが腎臓だ。これは八一歳のときのことだ。暴飲暴食が祟(たた)ったんだろう。当時はいまよりも三〇キロも体重があったからね。糖尿病が悪化したことにより腎機能が低下してしまったんだ」

またマカロニの出番だ。

「腎臓は背骨を挟んで左右に一つずつあり、主に血液から尿をつくることによって、老廃物を体内から除去する役割を担っています」

マイケルはうなずいた。二人は古くからのコンビのようだった。

「腎臓を悪くした患者がどうなるかは知っているだろう。人工透析を受けなければならなくなる。これはなかなかに面倒な処置でね。週に三回通院して、一回四時間の透析を受けることになる。大変だよ。だから、人工腎臓に変えてもらったんだ。

人工腎臓はヘモフィルターとバイオリアクターという二つのユニットから成っていてね。ヘモフィルターは血液中に蓄積した老廃物などを濾し取ることができる。バイオリアクターには患者の幹細胞からつくられた本物の腎臓の細胞が使われていて、血液中の電解質のバランスを調整することができる。ちなみに、この二つのユニットは血圧で作動するからバッテリーはいらないんだ」

今度は両胸に両手で触れる。

「驚くなかれ、肺もまた人工肺だ。わしがちょうど一〇〇歳のときだ。昔の人はいまの人ほど健康に気を遣わなかったものだからね。成人になれば、いや、なる前から、親に隠れて酒やたばこをやっていたんだ。たばこはいつしか葉巻に変わっていったがね」

マカロニが口を挟む。

「肺は言わずと知れた呼吸を行う器官です。呼吸によって血液中に酸素を取り込み、血液中の二酸化炭素を外部に排出します。この酸素と二酸化炭素の交換は、あらゆる細胞、組織、臓器にとって不可欠で、ほんのわずかでも酸素がなくなれば、身体は壊滅的な影響を被ります。特に脳はたったの数分の酸欠でも致命的なダメージを受けてしまいます」

マイケルが話を先へ続ける。

「人工肺はドリンク缶ほどの大きさで、胸部に埋め込まれ、心臓から血液が流れ込むようになっている。そして、人工肺に入った血液は、極小サイズの無数の穴が開いた繊維の束を通過しながらろ過される。この繊維の束を通過するときに、血液中の二酸化炭素が酸素と交換されるという仕組みだ。心拍が動力源なのでバッテリーは必要ない」

いまや知世の目はエックス線となり、マイケルの身体の内部を透かして見ていた。本人が冗談めかして言ったように、超長寿者の身体の半分は機械に取って代わられているのだ。それで生きているという事実が驚くべきことだった。

最後に、マイケルは目と耳を指差した。

「さらには、わしの両目には人工網膜が、両耳には人工内耳が埋め込まれている。聞いたことがあるだろうが、目の奥には網膜という光を感じる部位があってね。そこで受け取った光を電位に変える視細胞という細胞がある。この電位が視神経に伝わって脳に届けられることで、物を見ることができる仕組みだ。わしは老化によりこの視細胞に障害が生じ、視力をほとんど失ってしまった。そのため、視細胞に代わって光刺激に対応した電位を発生させる人工網膜を埋め込んだというわけだ。人工網膜とはポリエチレンの薄膜に光に反応して電位を生じさせる光電変換色素というものを定着させたものだ。白内障によって白濁した目の水晶体もレンズと取り替えているから、若いころよりもよく目が見えるようになったよ」

　そう言って、気分よさそうに笑う。

　知世は自身も半年くらい前に白内障と診断されたことを思い出した。物がぼやけて見えるようになり、晴れた日の空をまぶしく感じるようになった。医師から手術を勧められたが、がんの治療を優先することにした。もはや手術をする必要もなくなってしまったことに哀しみを覚える。

　人工内耳の話に移った。

「耳から入った音は、鼓膜に振動として伝わり、耳小骨（じしょうこつ）を経て渦巻き状の蝸牛（かぎゅう）に伝わる。そして、蝸牛の中の有毛（ゆうもう）細胞が振動を電気信号に変えて、神経を通じて脳に伝わるわけだ。人工内耳はマイクロホン、音声分析装置、刺激電極、送受信機から成っている。マイクロホンが音を捉え、音声分析装置で電気信号に変換し、蝸牛に差し込まれた電極へ送られて、電極が聴覚神経を刺激する仕組みだ」

　マイケルは長い息を吐いた。とても一三二歳とは思えないほどの明晰な頭脳の持ち主である。自分が何歳のときに手術を受けたかまで覚えているのだ。

「まあ、ざっとこんな感じで、わしという人間は人工臓器によって生かされているんだよ」

「す、すごい！　本当に半分ロボットなのね⁉」

知世はすっかり感心してしまった。人間の身体のほぼすべての臓器と取って代わることができる人工の臓器があることが衝撃だった。そして、身体のほとんどすべての臓器を取り替えても、本人はぴんぴんしていることにも。だが、正直なところ、なぜか恐怖も感じるのだった。

「つまり、脳みそ以外は人工のもので代用可能ということなのね？」

「そういうことだ。脳細胞は体細胞に比べて長寿であるために、脳が健常である限り、各臓器を人工のものにしていけば、生き続けることができる。わしは幸運なことにアルツハイマー型認知症などの気はなかったもんでね。こうして、人工臓器によって生き永らえることができているんだよ。とはいえ、わしの脳みそにもまた脳神経インプラントというデバイスが埋め込まれているんだがね」

頭を人差し指でとんとんと叩く。

「老化によって記憶力や認知力は衰えてくる。そこで、脳神経インプラントのお出ましだ。

もともとはアルツハイマー型認知症やパーキンソン病、重いうつ病患者のために開発されたものだが、脳の深部に電極を埋め込んで電気刺激を与えるんだよ。それにより、記憶力や認知力を高めることができるんだ。若いころよりもいまのほうが賢いかもしれない」

道理で記憶力がいいわけだ。

「つまりだ。脳細胞が元気でいてくれる限り、わしはずっと健康で生き続けることができるんだ」

マイケルが朗らかに笑う。

「目標は二〇〇歳を祝うことだな。そのときは大金をかけて盛大なパーティーを催すつもりだよ」

3

マカロニが説明してくれる。

「人体におけるすべての内臓と臓器の研究や開発が行われています。現在、人間の死亡判定方法には、心停止、呼吸停止、瞳孔散大がありますが、それぞれに対応する人工臓器がありますから、これからの時代は死亡の判定が難しくなりますね」

なるほど、人工心臓と人工肺を持つマイケルが心停止や呼吸停止で死ぬことはない。人工臓器が止まることなく動いてくれるのならば、生身の脳が死を迎えない限り、マイケルはずっと生き続けるのだ。いや、生かされ続けると言うべきか。

先ほど感じた恐怖の正体は何だろう。

すべての内臓や臓器が人工のものと入れ替えられた人は、はたしてわたしたちと同じ人間と呼べるのだろうか、ということだ。

それはロボットではないのか？

本人も冗談めかして言っていた。〝半分ロボット〟なのだと。

「ねえ、ゆくゆくあなたは脳以外みなロボットになってしまうかもしれない。それでも生きたいと思うの？」

マイケルの目に何らかの力が宿ったように見えた。

「生きたいね。ぜひとも生きたい」

欲望だ。人間ならば誰もが願う生存の欲求である。

「わしは何より死を恐れている。死んだら何もかも失ってしまうからね」

人はなぜ不死を求めるのか。その答えの最たるものが、死への恐怖だろう。誰にとっても死は未知のものだ。死んだら、存在が消滅してしまう。永久に……。

「わしには信仰心はない。教会にも通わなかった。だから、キリスト教の信者たちが信じている、死後の復活なんてとても信じられない。だから、なおのこと死が恐ろしいんだ」

知世は日本人のほとんどがそうであるように宗教に疎い。だから、それを知るマカロニがキリスト教の説明をしてくれる。

「終末というこの世の終わりが訪れたとき、イエス・キリストが降臨して最後の審判が行われるといいます。人間は一人残らず復活し、生きている間の行いにより裁きを受け、救われる者は神の王国で永遠に生き、救われない者は地獄で炎に焼かれて永遠に苦しむのです。同じ一神教のイスラム教でも大筋は同じで、人間は死にますが、その後復活し、生前の行いにより、天国と地獄に振り分けられるんです」

「なるほど、人間は死ぬけれど、本当には死なない、という考え方なのね」

マイケルは肩をすくめた。

「わしには馴染めない考え方だ」

「死ぬのは誰でも怖いわ。でも、正直に告白すると、わたしはロボットになって生きるのには少し抵抗がある」

「ほう。人間としての尊厳が傷つけられるのかな？」

知世は少し考えてから言った。

「自己同一性（アイデンティティ）の問題かも」

アイデンティティとは、自分は何者であるかという定義のことだ。宇佐美知世は日本人であり、女性であり、製薬会社クロノスの経営者であり、夫辰郎の妻であり、陽斗の母であり……といったように定義していくことができる。そして、大きくとらえれば、「宇佐美知世は人間である」というアイデンティティがある。

心臓が悪くなり、人工心臓と取り替えたとしたら、知世の人間としてのアイデンティティは揺らぐだろうか？　心臓を取り替えたという事実は記憶に残るものの、宇佐美知世という人間であるアイデンティティに変化はないだろう。次に肺を取り替えたらどうか？その次には足を失って義足と取り替えたら？

どんどん身体の一部や臓器を失っていき、人工のものと取り替え、ロボットと化していったら、宇佐美知世という人間としてのアイデンティティは失われるのではないか？　そんなことをふと思った。

マイケルが面白がるような笑い声を上げる。

「そりゃ、脳みそまですっかり取り替えてしまったら自分ではなくなるかもしれないが、脳みそさえ自分のものならば、それは自分自身なんじゃないかね？」

「なるほど、確かにそうかもしれないわね」

知世は認めた。おそらく人間の核は脳にこそある。それが普通の考え方だ。

聞いてみたいことがある。知世自身がロボットになりたくないと思ったように、愛する人が半分ロボットになってしまうことに抵抗を覚える人だっているかもしれない。

「素朴な疑問なんだけれど、ご家族はあなたが生身の臓器を人工臓器に取り替えることについて何も言わなかったの？」

とたんに、マイケルの表情が曇った。

「最初の人工心臓を移植したとき、わしは六五歳で、三番目の妻のキャサリンと一緒に暮らしていた。最初の妻メアリーとの間にできた娘のアンはとっくに結婚して子供もいたし、二番目の妻ジェシーとの間にできた息子のティムも大学を卒業して通信系の企業に就職したばかりだった。

人工心臓を移植しようと思っていると相談したとき、キャサリンもティムも喜んで同意してくれたよ。わしにまだまだ死んでほしくないと言ってね。実はあるときからアンとはそりが合わなくなって、そのころは疎遠になっていたものだから、アンからは意見を聞けなかった。

次に七二歳で肝臓を移植しようとなったときも、キャサリンとティムは賛成してくれた。腎臓を移植しようとしたときも、キャサリンは勧めてくれたよ。ティムもまだ死んでほしくないと嬉しいことを言ってくれた。でも、そのころ再び連絡を取り合うようになったアンは違った。何も言わなかったんだ。アンはたぶんわしの決断を快く思っていなかったんじゃないか」

「どうして快く思わなかったのかしら？」

マイケルは苦いものを飲み下すような顔つきになった。

「わしが生に執着しすぎているると思ったんだろう」

知世はアンの気持ちが少しわかるのだった。自分も心のどこかで同じように感じていたからだ。

長生きしようとすることは生への執着といえる。それは卑しいことなのではないかと。なぜそう思うのだろう。自分だけ長生きしたいという欲が利己的に映るのかもしれない。みんな一緒に長生きしようとするのならいいのかも……。

マイケルはゆっくりとかぶりを振った。

「年寄りであろうと、生きようとする意志はなんら恥ずべきことではないよ。たとえそれが利己的な願望であったとしてもね。知世は進化論を知っているかね？」

「ええ、聞いたことはあるわね。イギリスの自然科学者、チャールズ・ダーウィンが唱えた仮説でしょう。マカロニ、進化論ってどんなものだっけ？」

マカロニが答える。

「一八五九年、著書『種の起源』の中で提唱された進化論によれば、生物の進化の原動力には、生存競争と自然選択があるといいます。生存競争に勝ち残った者だけが優秀な子孫を残すことができ、環境に適応できた者が選択されることで、より多くの子孫を残すことができるというわけです」

マイケルがうなずく。

「進化論の根底にあるものは、生き永らえ、子孫を残そうという〝意志〟だよ。未来にまで存続しようとする強い意志だ。それこそが生物の根幹をなすものなんだ。生物というのは本来とても利己的なものなんだよ」

生物が利己的だという主張はショッキングだった。でも、確かに反論のしようがない事実のように思える。人類という種は他の生物との生存競争に打ち勝って、この地上の主のように振る舞っているのだから。

知世は部屋の中をあらためて見回す。マイケルが殺して食べてきたという動物たちの骨を。自分も同じだ。人類はそうやって生き残ったのだ。

「それこそがわたしたちの本能であり、自然なことなんだ」

「生物の本質の話はわかったわ。確かに生物は利己的なのかもしれない。生きようとする強固な意志がもともと備わっているのかも」

「そういう選択肢があるのならば、わたしたちは身体を機械と取り替えてまでも長生きしていい。わしはそう思う」

すべては生き残るためだ。それが何より重要なのだ。それはわかっている。

でも、人類は同じ人類同士でもまた競争し合って生きている。世界の二極化はそうやって生まれたのだ。富める者と貧しき者、社会的に強い者と弱い者……。

陽斗は間違いなく社会的に弱い者に入る。一人で生きていくことはできない。弱者が虐げられる社会は問題をはらんでいる。このまま世界中で二極化がますます進んでいけば、この地球上に平和なんてやってくるわけがない。

「でも、その恩恵を受けられるのは富裕層だけなんじゃないかしら？　貧しい人たちはどうしたらいいの？」

知世はつい熱くなってしまった。

マイケルは気持ちはわかるというようにうなずきながらも言った。

「確かに、人の命を救う技術が金持ちにしか提供されないというのならば、それは由々しき問題だ。だが、人工臓器が大量生産されるようになれば、やがてコストは下がるだろう」

マカロニがその考えに同意する。

「わたしもそう思います。一九四六年に、最初に開発されたコンピュータのエニアックは、現在の価格で四〇〇〇万ドルもしましたが、その三〇年後には、エニアックよりも有能なコンピュータがずっと安い値段で買えるようになっています。同じようなことが人工臓器の市場で起きてもおかしくはありません」

なるほど、そうなるかもしれないと思う。携帯電話の進化には目を見張るものがある。いま世界中の人々が利用しており、世界の貧しい地域の人々でさえ携帯電話を所持しているという現実がある。それは基本的なモデルならば非常に安価に買えるからだ。文明によって発明された品々は、たとえそれが初め高価だとしても、やがて誰もが買い求めやすい値段に落ち着くという現象があるようだ。

マイケルが言った。

「そういう時代が来たとき、人工臓器にすがろうとする者もいれば、拒否する者もいるだろう。その選択は個人に委ねられるべきなんだ」

4

議論に夢中になりすぎて、レモネードのことをすっかり忘れていた。一口飲んでみる。レモンの皮の苦味がアクセントになっていて、とても香り豊かで美味しかった。

「わたしも少しでも長く生きたいと思って、あなたに会いに来ているわけなので、お気持ちはよくわかるわ」

「ありがとう」

マイケルは微笑んだ。

「超長寿を手に入れるということを、まだ人々がリアルに考えられずにいるんだろうな。だから、わしの家族のように、長生きしようとする意志を不快に感じる者がいるんだ。だから、わしが人工肺を移植すると言ったときに、ティムでさえ反対したんだ。〝もう十分に生きただろう〟と言ってね。そのとき、わしはちょうど一〇〇歳だったから」

そこで、眉根にしわを刻む。

「愛する家族の理解が得られないというのは哀しいことだ。ああ、わしは十分に生きた。だが、死を恐れる感情は消えない。いまもなお……。わしは身体の臓器を人工のものと取り替えてでも、生きたかったんだ」

キャサリンやアン、そしてティムがその後どうなったのか知りたかった。

「いまご家族はみなさんどうしているの？」

「みんな死んだよ」

マイケルは窓の外を振り向いた。どこか遠くを見つめる。家族が生きていた遠い過去を振り返っているかのようだ。

「三番目の妻のキャサリンは八二歳で他界した。自然死だった。ある日、心臓がその役割を終えたわけだ。他の二人の妻はもっと早くにそれぞれ病気で亡くなっている。アンは七八歳のときに心臓を悪くして、ティムもまた七五歳のときに心不全で死亡した。家族はわしと同じ道を選ばなかったんだ」

「そうだったのね……」

「ああ、哀しいことにね。わしの生きざまを見て、あんなふうにはなりたくないと思ったのかもしれない。そうだったとしたら、非常に残念なことだ」

マイケルはにわかに顔を歪めた。

「わしは先に逝ったキャサリンをアンをティムを憎みさえしたよ。どうして人工心臓を移植しなかったのかと。そうすれば、ともに永く生きられたのにと……」

怒っているようにも、哀しんでいるようにも見えた。苦しんでいるようにも。

実際、マイケルは苦しんでいるのかもしれない。この超長寿者は安穏と永い時を生きてきたわけではないのだ。

孤独だろうと思う。こんなに広い森の山小屋にたった一人で生きているのだ。孤独を感じないわけがない。自分を残して逝ってしまった家族を悼み、哀しみながら、そしてときに、怒りながら、彼は苦しんでいるのだ。

「淋しくはないの？」

そんな言葉が口から出てしまい、知世はすぐに後悔した。愚かな質問だと思ったからだ。残酷な質問だとも。

「もちろん、淋しいときもあるさ。だが、生きていて淋しさを感じない人間がいるのかね？」

マイケルは挑むような口調で言った。

「生きるということは淋しさをまぎらわせる修行のようなものだ。生きている限り、淋しさはついてまわるものだからだ。どんなに愛し愛される関係の恋人がいようとも、どんなにかわいい子や孫に囲まれようとも、人は独りで生き、独りで死んでいく。自己と他者が明確に分けられているのだから、本当の意味で誰かとともに生き、ともに死ぬことなど誰にもできない。だから、わしは淋しさをまぎらわせるための趣味をいくつも持っているんだ。その一つが狩猟ってわけだ」

知世はうなずいた。まったくもってマイケルは正しい。人生についてまわる淋しさはおのれの問題だ。本人が解決しなければならない。

想像してみる。愛する家族や友人知人が誰もいなくなって、ただ一人残された自分を。想像を超える淋しさを覚えるはずだ。たとえ趣味を見つけられたとしても、正気でいられないかもしれない。自分にはとてもできないことだ。

その淋しさよりも、マイケルにとって死への恐れのほうが強かったというわけか。

「愛する人が死ぬというのはとてもつらいことだ。それが何人も続けば、そう簡単には立ち直れない。でも、それは人の心を持っていればしょうがないことだ。そして、時が経てば、きっと乗り越えられる類のものだ。もちろん、ときどき思い出すよ。特にアンのことを思い出す。どうしてだろうな。あんなに嫌われていたのに。アンがいまも生きていてくれたらと思うよ。わしにまた説教をしてくれたらとそう思うんだ……」

マイケルは目の下を拭った。少し泣いているのかもしれなかった。

5

マイケルは客室に泊まるよう勧めてくれたが、知世はやんわりと辞退した。自分に残された時間はそう長くないからだ。

プライベートジェット機が離陸して、シートベルトのサインが消えると、キャビンアテンダントがアップルジュースをグラスに入れて持ってきてくれた。

知世はジュースを一口飲むとほっと息を吐いた。

マカロニは向かいのシートに収まると、自らプラグをコンセントに差し込み、充電を始めた。

「知世、今回の旅はいかがでしたか？」

知世はシートを少し倒すと、一三二歳のマイケルと印象的な山小屋の部屋を思い出した。

「とても有意義な旅だったわ。マイケルとの会話も楽しかった。いろいろ考えさせられたわ。人工臓器がそんなにも発達していただなんて知らなかったしね」

「知世も人工臓器を試してみてはどうですか？」

知世はかぶりを振った。

「わたしの場合はたぶんダメね。がんが全身に転移してしまっているから。脳や血液まで入れ替えることはできないでしょうからね」

「それは残念です」

マカロニは本当に残念そうな口調で言う。

自分が死んだらマカロニは哀しむだろうかと変なことを考える。ロボットに感情などないというのに。でも、どうか哀しむふりでもしてほしいと思う。知世はマカロニを人として扱っているのかもしれない。

「それにね、正直なところ、進んで臓器を人工臓器と取り替えようとは思わないの。ひょっとしたら、わたしの人間としてのアイデンティティの変更につながる、とどこかで恐れているのかもしれない」

「では、機械の人工臓器ではなく、ｉＰＳ細胞で作製されたバイオ人工臓器ではどうでしょう？」

「バイオ人工臓器……？」

「ｉＰＳ細胞とは、皮膚や血液などの体細胞に、少数の遺伝因子を導入することでつくられる多能性幹細胞のことです。二〇〇六年に、京都大学の山中伸弥教授らが発見して、ノーベル医学・生理学賞を受賞しました。多能性幹細胞は、さまざまな組織や臓器の細胞に分化する能力があります。いまはまだ研究段階ですが、ｉＰＳ細胞をもってすれば、自分の細胞から自分に適合する臓器を自由につくることができます」

「そんな夢のような技術があるのね……」

「今後、人間は永く生きるようになるかもしれませんよ。二〇世紀には先進国では平均寿命が四〇歳から八〇歳へと四〇年も延びました。次に何らかの科学的躍進があれば、また、数十年延びるかもしれません。科学の進歩には目を見張るものがありますから、次の数十年のうちにさらなる長寿が期待できるでしょう。それを繰り返していけば、人間はやがて不老不死になりますね」

知世は目が回るような気分を味わい、シートのヘッドレストに頭を預けた。

「マカロニ」

目を閉じながら言う。マイケルと会って話をしたことで、脳がいろいろな刺激を受けたのだろう。勝手に想像が膨らんでいく。

「わたしね、超長寿を得ることが人間にとって本当にいいことなのかどうかわからなくなるのよ」

「というと？」

「超長寿者が増えていけば、この地球は人間でいっぱいになってしまうということよ。世界の人口はいま八〇億人を突破していて、一〇〇億人を超えるのも時間の問題でしょう。そうなれば、食料やエネルギー不足の問題が必ず起きる。多くの人たちは仕事にあぶれて、住むところを失う人も出てくる。地球の資源は失われ、環境破壊が進み、気候変動が激しくなるでしょう。地球温暖化や大気汚染がひどくなれば、人類は地表では生きられず、地下に居住空間を移すかもしれない。すでに地球資源のキャパシティーをオーバーしているともいわれているんだから、人口過剰は人類にとって喫緊の課題よ」

　昨今重要性が叫ばれているＳＤＧｓ（Sustainable Development Goals：持続可能な開発目標）が目的とする〝持続可能な世界〟とは、人類による地球環境の保全と利用、消費と再生とがバランスを保ち、人と自然との共存が実現できた世界のことを指す。人口が膨れ上がれば、消費と再生のバランスは崩れるだろう。いや、すでに崩れているのか。

　マカロニが言った。

「偉い学者の先生方によれば、適正人口というものがあるそうです。それは〝アース・オーバーシュート・デイ〟から導き出されるのだとか」

「アース・オーバーシュート・デイ？」

「人間が消費する資源の量が、地球が一年に再生できる資源の量を超える日のことです。一九七〇年、アース・オーバーシュート・デイは十二月三十日だったそうです。つまり、地球はちょうど一年で人間が消費した分の資源を再生していたことになります。しかし、それ以降、アース・オーバーシュート・デイはどんどん短くなっていき、ついには、二〇二三年には八月二日になってしまいました。つまり、地球が一年間に再生できる資源を、人類は八月二日の時点で使い切ってしまったということです。これでは環境破壊が進む一方です。地球環境の破壊を防ぎ、さらには改善させるためには、計算するところによると、人口を二〇億人にしなければならないといいます」

「二〇億人……。現在八〇億人だから、六〇億人分が過剰ということなのね……」

「はい。六〇億の人々を消去しなくてはいけませんね」

マカロニは穏やかな口調で穏やかではないことを言う。

「馬鹿言わないで。でも、この地球という星はどうなってしまうのかしら。世界規模で文明の水準が上がれば、食料や資源の不足が起こって、争奪戦が行われるかもしれない」

「一九七二年に、民間組織ローマクラブにより『成長の限界』というレポートが発表されました。人口増加や経済成長を抑制しなければ、地球と人類は一〇〇年以内に破滅するという内容です」

「ええ、知っているわ。まさにそのとおりになるかもしれない」

「でも、一九七二年当時とはいまは状況が違います。一つには、世界規模で人口が減り始めています。日本も少子化が問題になっていますね。長い目で見れば、世界の人口は大幅に減っていくものと思われます。もう一つ、当時に比べれば、科学技術は格段に進歩しました。世界中の科学者が食料や資源の不足を解決する方法を模索しています」

「とはいえ、タイムラグがあるでしょう。そして、まさに科学の進歩により、超長寿者が出現しているのよ。この技術が行き渡れば、また地球は人だらけになってしまうわ」

「それは、困りましたね」

マカロニは降参するように両手を上げた。それから、思いついたように付け加える。

「ひょっとしたら、人類は地球の外の星へと進出するべきときかもしれません」

「それは夢物語じゃない？」

「いいえ、著名な科学者たちが真剣に考えていることです。物理学者のスティーヴン・ホーキングは、人類に残された時間は一〇〇年程度しかないと語りました。そして、人類は他の惑星系を探索するべきであり、地球の外に広がることこそが、人類が絶滅を逃れる唯一の手段であるとまで主張しました」

「月にでも住むというの？」

「いいえ、目ぼしい惑星は火星です。アラブ首長国連邦(UAE)が、二一一七年までに、火星上に人類が居住できる最初の都市を建設すると発表していますし、アメリカの電気自動車メーカー、テスラの最高経営責任者、イーロン・マスクもまた、火星に恒久的な基地をつくり、人が暮らせる植民地にしようという計画を立てていますよ」

「壮大な話だわ」

知世はなんだか夢見るようでも怖いようでもあった。

6

短い旅を終え、プライベートジェットが成田空港に到着すると、知世はスマホを確認した。秘書の近藤梨奈とお手伝いの小畑真砂さんからＬＩＮＥがいくつか入っている。会社の運営は滞りないらしいが、陽斗のほうには問題があった。部屋から顔を出さないというのだ。

マカロニを連れて到着ロビーを出ると、すでに待機していた梨奈が近づいてきた。

「社長、お疲れさまです」

梨奈はいつものネイビーのビジネススーツ姿だ。いくつも同じスーツを持っていると聞いたことがある。

「ご旅行はいかがでしたか？」

知世は今回の旅がどのような性質のものかについては話していた。

「いい旅だったわ。マイケル・ダイヤモンドさんはとてもいい方だったし。超長寿の話も興味深かった。ただ、少し疲れたわ」

体調が思わしくない。前よりはるかに疲れやすくなっている。

「早くお休みになられたほうがいいです」

「そうね。詳しい旅の話は車の中で話すわ。陽斗は元気にしている?」

梨奈は困惑の表情を浮かべた。

「それが、部屋から一歩も出てこないんです。呼びかけても、〝誰にも会いたくない〟の一点張りで……」

「まだ怒っているのかしら」

「小畑さんがつくった料理はこっそり食べているみたいなんですが……」

空港から予約したハイヤーに乗り、港区にある自宅へ向かった。


マンションに到着すると、会社に戻る梨奈に別れを告げ、知世は自室のある高層階へ急いだ。玄関ドアを開けても、「お帰り」のあいさつがないのはいつものことだ。たいがい陽斗は部屋に閉じこもっているからだ。

知世は息子の部屋へ向かい、ドアを数回ノックした。応答がないのもいつものこと。

「陽斗、ただいま!　入るよ」

ドアを押してみたが、びくともしない。どうやら内側に何か重いものを立てかけて、ドアが開かないようにしているようだ。

知世はドアを平手で叩いた。

「陽斗、ここを開けて」

「嫌だ！」

断固とした拒否の声が応じた。

「どうしたの？　早く開けなさい」

「嫌だって言ったら嫌だ！」

知世が余命宣告を受けてそう長くないことを話してからというもの、まるで現実から目を背けようとするかのように、陽斗は自分の部屋に閉じこもってしまった。

陽斗は怒っている。知世の死を恐れるからこそ、抗えない死に対して怒っているのだ。

どうして勝手に死んじゃうんだよ！

おれを一人ぼっちにする気かよ！

そんな心の声が聞こえてくるようだった。

「今度、晴れの日にお母さんとピクニックに行こう。新宿御苑はどう？」

「行かない！」

「お母さん、陽斗と一緒にピクニックに行きたいな。想い出いっぱいつくりたいな……」

余命三カ月というからには、いつ死んでもおかしくはない。知世は少しでも多くの時間を陽斗と一緒に過ごし、想い出をつくりたかった。思い残すことがないくらいに、いっぱい想い出をつくるのだ。

「嫌だ。勝手に死ぬやつは許さない」

やっぱりそうだ。陽斗は知世に怒っている。

心の底から叫んだ。

「お母さんだって死にたくないよ！　がんになりたくてなったんじゃない。でも、しょうがないでしょう。お母さんはそういう運命だったの」

そうだ。逆らえない運命だったのだ。

自分の無力さに打ちのめされた気分だった。陽斗との距離を隔てるドアの前で、知世はしばらく立ち尽くしていた。

陽斗は頑固だ。一度言い出したら聞かない。自分の意志を曲げることはない。怒っているならなおさらだ。知世はあきらめてリビングに移動した。

いつの間にかソファでうたた寝をしていた。飛行機の中で十分に睡眠は取ったはずなのに。体力が落ちていることに愕然とさせられる。自分の命の時計は刻々と終焉に向けて時を刻んでいることをあらためて思い知った。

第2章　世界で一番美しい女

1

多くの宗教が死生観について語っている。生きること、死ぬこととは何か、死後の世界とは何か。宗教の数だけ死生観の違いがあると言っても過言ではない。

マイケル・ダイヤモンドさんとのやり取りの中でマカロニが語っていたように、キリスト教やイスラム教といった一神教では、人は死なない。人は復活する。復活したのち、永遠に生きることができるという。

日本人はどうだろう？　どんな死生観を持っているのか。

疑問をぶつけてみると、マカロニが解説してくれる。

「日本の神話に登場するイザナギとイザナミという神が、最初に日本列島を創造したと伝えられています。イザナミは出産の際に死んでしまい、イザナギは嘆き悲しみました。そこで、イザナミをよみがえらせようと、黄泉の国へイザナミを捜しに向かったという有名なエピソードがあります。

古来、日本人にとって神とは、山や川、木や岩、鳥や獣といった自然であり、神もまた死ぬ存在として考えられていました。その神も黄泉の国へ行くのなら、人間もまた黄泉の国へ行くものと信じられてきました」

「でも、そのうち仏教が入ってくるでしょう。わたしたち日本人は仏教の影響を強く受けているものね」

「はい。初期の仏教では生まれ変わりを意味する輪廻は信じられておらず、人が死んだら完全に存在しなくなると考えられていました。霊魂の存在も否定されています。身体が滅び、霊魂もないので、人は死んだら完全にいなくなります。その後、上座部仏教の時代になってから、輪廻が信じられるようになりました。生きている間に徳を積めば、死んだのちにランクの高い人間に生まれ変わるという考え方です」

「ふうん。それで結局、日本人はどんな死生観を持っているの？」

「古来より伝わる日本人の信仰と数ある仏教の混交ですね。なので、たいていの日本人は、人間は死んだあと、三途の川を渡って、あの世へ行くと思っているようです。また、もともと日本人は人が死んだら神になると考えていたので、死者に向かって手を合わせて祈るようになりました。また、霊魂の存在を信じる人も少なくありません。お盆にはあの世から死者が戻ってくると広く信じられていますね」

　自分は死についてどう考えているだろう？

　知世は自分自身に問いかけてみる。一神教のように死後よみがえると思っているだろうか。天国や地獄に行くと思っているか。生まれ変わると思っているか。それとも、死んだらそれでお終いだろうか。

これまで自分が死んだらどうなるかなんて考えたことがなかった。実際のところ、死んだらどうなるかなんてわからないし、わからないからこそ死を恐れるのだ。本気で死後の復活や天国の存在や生まれ変わりを信じられるのなら、誰も死を恐れたりはしないだろう。

死ぬのは怖い。だが、陽斗を一人残すことへの心配のほうがはるかに大きかった。

陽斗のためにまだ生きたい……。

それが知世の願いだ。まだまだ死ぬわけにはいかない。

マカロニは二人目の超長寿者とのアポイントメントを取り付けた。時間は刻々と過ぎ、面会の日時が迫った。

陽斗と顔を合わすこともできないまま、知世はマカロニを連れてプライベートジェットで中華人民共和国の香港特別行政区へ飛んだ。

二人目の超長寿者は、チェリー・リーという女性だという。

対面のシートに座ったマカロニが教えてくれる。

「チェリー・リーさんはかつて香港映画界が誇るスター女優でした。その当時は〝世界で一番美しい女性〟と言われていたそうです。若いころのチェリーさんの写真を見ますか？」

お願いすると、マカロニがｉＰａｄを寄越した。画面に表示された画像を見て、知世の口から思わずため息が漏れる。

年齢は三十代前半だろうか。東洋人らしい涼やかな目とすっと高い鼻梁が印象的だった。緩やかにウェーブのかかった長く艶やかな黒髪がほっそりとした顔を包む。透き通るような白い肌に、桜色のチークが入り、赤い唇が濡れたように光っている。

「世の中にこんなに美しい女性がいるのね。それで、チェリーさんはいまおいくつなの？」

「八七歳です」

知世は小首をかしげた。

「ふうん。八七歳は確かに長生きとはいえるかもしれないけれど、超長寿者というにはまだ若いんじゃないの？　何しろ、わたしは一三二歳と会ってきたばかりですからね」

「会ってみればわかりますよ」

曰くありげにそう言うと、マカロニは笑ったように見えた。

2

約五時間のフライトを経て、香港国際空港へ到着した。タクシーで九龍（きゅうりゅう）へ向かう。〈九〉の字は〈久〉と音が通じることから、〈永遠〉や〈永久〉を意味するといい、中国では大変にめでたい数字とされている。同様に龍も縁起のよい生き物であり、九龍という地名は大変に幸福な名前であるという。

もっともにぎやかな通りである彌敦道（ネイザンロード）は映画やテレビなどでも有名である。さまざまな店舗が所狭しと軒を連ね、中国語の派手な看板があちこちに掲げられている。今日も通りは観光客でいっぱいだ。

知世とマカロニが目指すのは、西九龍地区にある香港一の超高層ビル、世界貿易センターだ。高さ四八四メートル、地上一一八階。高層階に高級ホテルが入居しており、今回会う人物はそのスイートルームに住んでいる。

貿易センタービルに到着すると、高速エレベーターで最上階の一一八階へ上がる。スイートルームの扉の入口にはスーツ姿のボディガードらしい男性が二人立っていた。

知世はすっかり緊張してしまった。右側の男性に名前を告げると、彼は扉を数回ノックした。室内から「どうぞ」という声が聞こえた。彼は知世に向かってうなずいてから扉を開いた。

大理石の廊下の先に豪華なリビングが広がっていた。知世も高級ホテルに宿泊したことは何度かあるが、スイートルームは初めての経験だった。きらめくクリスタルのシャンデリアの下に、ベージュの革張りのソファセットが並び、バラの花の生けられた花瓶の載ったグラストップのテーブルを囲んでいる。床には高級そうなラグが敷かれており、靴で上がるのがためらわれるほどだ。何よりも目を奪われたのは、大きなガラス窓の外の光景だ。

知世は思わず息を呑んだ。

「わあ、すごい……！」

目の前に九龍半島と香港島の間にあるヴィクトリア・ハーバーの夜景が広がっていた。湾の周囲に林立する高層ビルの夜景は〝一〇〇万ドルの夜景〟と謳われている。正面に見えるのが九龍半島南端の商業地区である尖沙咀（ツィムサーツィ）、右手にあるのが香港島である。

リビングの照明が落とされているので、知世は夜の空の上に浮かんでいるような錯覚に陥った。それはとても美しくもあり、怖いようでもあった。

部屋の照明が明るくなり、自分を呼ぶ声がした。

「こんばんは、知世さん」

少しハスキーな声がした。振り向くと、満開の桜の花のようなオーラをまとった女性が立っていた。三十代前半だろうか。レッドカーペットの上でポーズを取る女優が着るような桜色の見事なドレスを身にまとっている。高身長かつスリムな体形にマーメイド型のドレスがよく似合っている。裾はゆったりと長く、高級なラグの上に広がっていた。

知世の目は女性の顔に釘付けになった。見まがうことなく、マカロニが機内で見せてくれた写真の主だ。

「あ、あなたは……」

「ええ。わたしがチェリー・リーよ」

女性はにっこりと微笑んだ。見る者の心を奪うような魅惑的な笑みである。

「嘘でしょう！　どう見ても、三十代にしか見えない」

知世はほとんど叫んでいた。

チェリーは白い歯を見せて笑った。

「ありがとう。でも、わたしは今年八七歳になりました。嘘偽りのない真実よ。素直に認めるけれど、最新の美容整形手術を受けています。さまざまな健康食品やサプリメントも摂っているわね」

ぶしつけだとは思いつつも、あらためて女性の顔をまじまじと見つめる。やはり三十代にしか見えない。だが、放たれる泰然とした雰囲気は、確かに普通の三十代の女性には感じられない類のものだ。数々の経験を通して身に付けたものなのだろう。それには長い月日が必要だったはずだ。

チェリーは左腕を掲げた。シンプルな形状のスマートウォッチが巻かれている。

「このスマートウォッチは、呼吸や脈拍、体温を測定するのをはじめ、微量の血液を採取して、血中の酸素量、血糖値、ビタミンのバランス、主要な化学物質やホルモンまで監視してくれるの。それにより、何を食べ、どんな運動をすればよいか、また、どんな生活習慣を送ればいいかまでわかるのよ。それだけではないわ。病気になる前に気づけるようになり、がんなどの深刻な病気にならないように予防することができるの」

知世は初っ端からすっかり圧倒されてしまった。

「でも、わたしが若いままでいられるのは、より最先端の科学技術のお陰なの。長旅で疲れたでしょう？　まずは、お掛けになって」

チェリーの上品さは見た目だけではない。その口調にも表れている。

知世とマカロニはとんでもなく値の張りそうなソファに並んで腰を下ろした。

「カクテルでもいかが？」

チェリーが手を向けたほうには、壁一面のボトルラックにあらゆる種類のお酒のボトルの並べられたバーカウンターがあり、ぱりっとした制服を着たバーテンダーが控えていた。

その男性もまた俳優のように整った顔立ちをしている。

がんの治療を始めてから、お酒は控えている。後ろ髪を引かれる思いで、やんわりと断った。

「じゃあ、ノンアルコールのカクテルで、わたしがお気に入りのものを召し上がって」

チェリーがバーテンダーにうなずくと、彼は心得たようにカクテルづくりに取り掛かった。間もなく、シェイカーを振る心地よいリズミカルな音が鳴った。

チェリー・リーは対面のソファにゆっくりと座った。細く長い足を優雅に組み、少し斜めに傾ける。両手を膝の上に添えるように置く。すべてのしぐさが絵になるのだった。神々しささえ感じるほどだ。

バーテンダーがカクテルをつくり終え、知世とチェリーの前のテーブルに置いた。カクテルグラスには桜色の液体が注がれ、上部を白い泡が覆っている。部屋の主をイメージしたカクテルだ。

チェリーがグラスを持ち上げた。

「出会いに乾杯！」

「出会いに乾杯！」

二人はグラスを掲げると、それぞれに口をつけた。知世は感激した。桜のやさしい香りのする、おいしいカクテルだった。

チェリーはグラスをテーブルにそっと戻すと、知世の顔を見つめた。真剣な表情に変わっている。

「あなたがわたしに会いに来た動機はわかったわ。つらい思いをしてきたのね。ご病気の息子さんのことも……。わたしには子供はいないけれど、気持ちはすごくわかるわ」

知世の身の上についてはアポイントを取るときに聞かれたため、マカロニがチェリーに伝えてくれていた。

「息子さんのためにも永く生きる方法を知りたいのね。できれば、あなたのがんが治る方法、そして、息子さんが永く生きる方法を」

知世は真剣になってうなずいた。

「ええ。いったいどんな科学技術の恩恵を受ければ、あなたのように若く健康でいられるのか知りたいわ」

「いいわ。教えてあげる。わたしの秘密を」

チェリーはにこりとして言った。

「わたしは老化を治療してもらったの。老化もまた病気なのよ」

それは衝撃的な考え方だった。現代の科学は自然現象の老化を治療ができる病気だと認識しているというのだ。

「そもそも老化とは、年齢を重ねるにつれ、身体機能が衰えることをいうの。みんなそれを自然なことだと受け止めているでしょう。わたしたちは自然と老化していくものだし、そして、やがて死ぬ運命にあるものだと思っている。死は避けられないのだと。形あるものはいつか壊れるというように」

知世はうなずいた。

「ええ、そう思っているわ」

「確かに、月日の経過とともに、鉄は錆び、岩も崩れる。でも、それは生きていない物の話よ。人間をはじめ生き物もまた時の経過とともに壊れていかなくてはならないという道理はないの。わたしたちの身体は、古いものが新しいものと次々と入れ替わる新陳代謝を繰り返しているわけだから」

知世は素直に納得した。言われてみれば確かにそのとおりだと思う。身体が絶えず新陳代謝を繰り返していれば、衰えることはないはずだ。

「じゃあ、どうしてわたしたちもまた壊れていくのかしら？」

「それは、遺伝子によってそのようにコントロールされているからなのよ」

「老化には遺伝子が関係しているのね？」

「ええ、鍵は遺伝子にあるの」

遺伝子という言葉を当たり前のように使うが、正確な意味まではよくわかっていない。

知世はマカロニに解説を頼んだ。

「遺伝子とは生物の身体をつくる設計図に相当するものです。親から子へと受け継がれていきます。どこにあるかといえば、細胞一つひとつの中にあります。生物の細胞には核がありますね。核の中に染色体が入っています。人間には二三対四六本の染色体があると学校で習ったはずです。この染色体がデオキシリボ核酸、通称ＤＮＡと呼ばれるもので、ＤＮＡの一部が遺伝子として働いています。人間の場合、遺伝子の数はおよそ二万個といわれています」

知世はうなった。

「なるほど。わたしたちは生まれ、やがて死んでいく……。遺伝子がそのようにコントロールしているってわけね？」

チェリーはうなずくと、悪戯っぽい笑みを浮かべた。

「あなたに面白いものを見せてあげるわ」

彼女が手を向けた先は、壁際にある巨大なディスプレイ用のラックだ。チェリーは立ち上がり、ラックに納まった幅が一メートルほどの水槽に近づいた。それはこの部屋に唯一似つかわしくないものだった。

好奇心に駆られて、知世とマカロニもあとに続いた。水槽の中を覗き込んでみる。何かの生き物がいる。知世は思わず声を上げた。あまりにも奇妙な形をした生物だった。

「これは何⁉」

知世の声は裏返っていた。それほど衝撃的だったのだ。

チェリーは澄まし顔で答える。

「ハダカデバネズミよ」

一〇センチ前後のネズミの形状をした生き物だが、名前のとおり体毛がなく、二本の前歯が突き出ており、目も小さな黒い点が二つあるだけだ。そんなあまりかわいくないネズミが五、六匹、水槽の中を駆け回っていた。

チェリーが淡々と説明する。

「普通のネズミは寿命が二年程度なのに、ハダカデバネズミは三〇年も生きるのよ。老化とがんに耐性があることがわかっているの。一般的に、人やマウスは加齢に伴い、老化した細胞が蓄積されていく。老化した細胞はがん化したりするのよ。でも、ハダカデバネズミは老化した細胞が自死を起こして除去されていくの。老化した細胞が消えることで、老化が抑えられているというわけ。いま世界中の科学者がその謎を求めてハダカデバネズミを研究材料として使っているのよ」

「へえ。それであなたも研究中なのね？」

「いいえ、わたしの場合はかわいいから飼っているだけよ」

「そ、そうなのね……」

人にはいろいろな趣味があるものだ。

三人はソファに戻り、再び向かい合った。

チェリーが話を続ける。

「他にも生物の中には人間とは比べ物にならないくらい長寿のものがいるわね。たとえば、高級食材のロブスターは脱皮をするたびに殻だけではなく内臓も一緒に若返るの。だから、ロブスターは年を取らない。ベニクラゲもまた通常の成長とは逆の方向に進んで若返る。だから、不老不死といわれている。ホッキョククジラは何世紀も生きるわ。植物にまで目を向ければ、一つの根から繁殖して一万年以上も生きているものもあるのよ」

「へえ！」

知世は感嘆することしきりだった。

「その一方で、セミは地中で七年過ごしたあと、地上に出てからは一週間で死んでしまう。

カゲロウなんて成虫になると、たったの数時間しか生きられない。彼らには餌を食べる口さえないのよ」

「不思議ね……」

「ええ、すべてはそう遺伝子によってプログラムされているからだわ。でも、ほとんどの生物は老化して死ぬように遺伝子によってコントロールされている」

「それはなぜなの？」

「老化が生物にとって必要なものだからよ。老化とそれによってもたらされる死が必要だから」

知世は考えてみる。生物にとって老化と死は必要だろうか。老化と死にどのようなメリットがあるというのか。

「面白い話ですね」

マカロニもまた一緒に考えているようだった。

「ダーウィンの進化論によれば、生存競争に打ち勝ったものが生き残ってきたはずです。生物を弱らせ、生殖能力を奪い、死に至らしめる老化は、進化論の考え方とは真逆のものではないでしょうか。なぜ老化を促すような遺伝子が今日まで生き残ることができたのか。わたしも非常に興味があります」

「マカロニはとっても優秀なロボットのようね」

「ありがとうございます」

絶世の美女に褒められて、マカロニは照れているようだった。

「そのとおりよ。わたしたちの遺伝子は長い歴史の中で必要なものが生き残っているわけだから、つまり、人は老化するように進化してきたともいえるのよ。では、なぜ老化や死があるのか。なぜ老化や死が必要なのか」

知世は固唾を飲んでその答えを待った。

チェリーがついに答えを口にする。

「それは、生物の集団が繁殖しすぎて、食料不足に陥り、絶滅してしまわないようにするためよ」

予想もしていなかった答えだ。まさに人類がいま直面している現実ではないか。人口爆発により、食料やエネルギーの不足が叫ばれている。

人類が解決できない問題を、遺伝子はコントロールできるというのか？

すぐに疑問が湧く。

あたかも遺伝子に知性があるかのようではないか？

チェリーは知世の心の内を見抜いていた。

「ええ、確かに遺伝子に知性なんかないわ。でも、長い歴史の中で淘汰にさらされることで、知性があるかのように振る舞って見えることもあるのよ。とてもシンプルな生態系をイメージしてみて。たとえば、小さな島を。その島にウサギが一〇〇匹放たれたとしましょう。ウサギはその島の草を食べるの。世代を経るごとに、ウサギはより多くの草を食べて、より多くのエネルギーを手に入れ、より早く子供を産むようになるわ。そのように進化のベクトルは働くから」

知世はなんとか話についていった。

「ええ、そうなるわね」

「進化の競争原理はウサギ同士の間でも起こるので、他の仲間よりも攻撃的な略奪をするように進化して、島の草を根こそぎ食べるようになってしまう。そんなメスはより多くの子供を産むエネルギーを手に入れる。生まれてきた子供も攻撃的に略奪する本能を受け継いで、たちまち島を支配するようになるでしょう」

「ええ、進化論の考えのとおりなら、そうなると思うわ」

進化の競争原理は弱肉強食だ。強い遺伝子を持つ者が生き残り、そしてまた、強い者同士が競争し合い、より強い者が生き残るのだ。

「でも、島にある草が食べ尽くされてしまったら、ウサギたちは飢えるようになるわね？」

「ええ、残念ながらそうなるわね」

「ウサギはどうすればよかったかわかる？」

チェリーはここがポイントだというように人差し指を上に向けた。

「ウサギは草が回復する時間を考慮に入れなければならなかったのよ」

「確かにそうだわ。草が十分に回復すれば、ウサギはその島で永久に生きていられる。でも、ウサギは進化の法則に従って、競争するようになってしまった……」

「進化はちょうどよい生殖のスピードを見つけ出さなければならなかったの。繁殖速度が遅すぎるウサギは、繁殖速度が速い攻撃的なウサギに打ち負かされてしまう。でも、繁殖速度が速すぎるウサギは、子供たちを飢え死にさせてしまう。そこで老化の出番となる。老化により生殖能力を失ったウサギの比率が増えれば、餌となる草が回復する時間が生まれるでしょう。そして、死によって個体数の増加に制限がかかれば、なおのこと草の回復は促される」

「なるほど……。それはウサギと草以外の生態系にも当てはまるのね？」

「もちろんよ。ライオンと草食動物の場合にも当てはまるし、人類と地球という関係にも当てはまるわ。年を取らない動物の集団は大きくなりすぎて食料不足に陥り、そのまま絶滅してしまうことになるのよ」

「何事も中庸が大事ということですね。ウイルスや細菌の世界でもそうです」

マカロニが口を挟んだ。

「かつて猛威を振るったコロナウイルスは、発生初期には毒性が強かったですが、それでは宿主である人間を殺してしまうことになります。宿主をすぐに殺してしまっては、ウイルスが生き残っていく確率は下がるわけです。なので、コロナウイルスはだんだんと毒性が低いほうへ、人間を殺さないほうへと進化していきました」

考えてみれば当たり前のことではあるが、より多く食べる捕食者はより高い出産率が得られるため、地域集団を支配することができる。しかし、貪欲になりすぎると、彼らの子供たちは飢えて死ぬことになる。だから、未来の世代のことを考えて、欲張りすぎない、自制心のある捕食者が生み出される。要するに、マカロニの言うように、中庸が大事にされたわけだ。

とはいえ、進化は神の采配によって営まれるものではない。遺伝子に知性もない。進化は無目的に起こるものだ。だから、今日のバランスの取れた世界が訪れるまでに、多くの絶滅が繰り返されてきたことは想像に難くない。

ほとんどの場合、捕食者は利己的に振る舞い、その子供たちは飢えたことだろう。ごく少数の遺伝子の配列の異なる捕食者だけが、中庸を保つことができたのに違いない。そして、そのような種だけが生き残ってきたのだ。それゆえに、ほとんどの生物には老化があり、死があるのだ。

しかし、人類は進化の想像を超えて増えてしまった。

3

老化と死がある理由を聞いて、知世は淋しみを覚えた。

「わたしたち人類には反省すべき点が多くありそう。まさに飽食の時代を生きているんだもの。昨今ではＳＤＧｓの掛け声が上がり、環境保全に意識的な人が増えたとはいえ、まだまだ大量消費社会は続いているし、地球環境は破滅的な方向へ向かっている」

地球の温暖化はまぎれもなく人間の営みがもたらしたものだ。温暖化により、海面上昇や森林火災、砂漠化などが引き起こされている。また、森林伐採や火災により、森林の面積が消失し、二酸化炭素が増加している。これもまた温暖化につながっていく。水質汚染や土壌汚染も深刻だ。当然、生態系に大きな影響が出ており、多くの生物種が絶滅している。

マカロニが深刻な口調で言う。

「地球は過去に五度の大量絶滅を経験しています。気候変動、氷河期、火山の噴火などです。有名なものは、六六〇〇万年前の恐竜の絶滅です。直径一〇キロメートルの隕石がメキシコ湾に落下し、地球上の種の七〇％が絶滅したといわれています。そして、現代は六度目の大量絶滅の最中にあるという説もあります。このペースで絶滅が進めば、今後数百年で動物種の四分の三が絶滅するとの研究もあります」

知世はため息交じりに言った。

「わたしたちに老いがプログラムされていてよかったんだわ。でなければ、地球はとっくの昔に破滅していたでしょうね」

少し考えるようにしてから、チェリーは口を開いた。

「確かに、進化はわたしたちに老化と死をもたらした。でも、だからといって、人類の不老不死への欲求はなくならないわ」

きっぱりと断言するように言う。

「知世さん、あなただっていまよりも長く生きたいんでしょう？　お子さんを長生きさせたいんじゃない？」

「それはそうだけれど……」

知世は返答に困った。いまでは長生きしたいという自分の欲が罪深いように感じられる。でも、チェリーは違う見解を持っているようだった。

「おのれの欲求に素直に従うことは悪ではないわ。不老不死を夢見ることは悪ではないのよ。人間が老いて死ぬように進化してきたからといって、そのように生きなくてはならない道理は何もないんだもの。だって、人間は自ら運命を切り開くことができるのだから」

運命を切り開く――。

知世は目を見開かされた気持ちだった。宿命は生まれつき定められたもので、自分の意志によって変えることはできないが、運命は自分の意志により、選択し行動することで、変えていくことができる。知世もその考え方が気に入っていた。

チェリーは力強い口調で続けた。

「いつの日か科学技術は地球上に山積する諸問題を解決してくれるとわたしは信じている。不老不死はその一つなの」

科学を信じる者の一人として、知世もまたそうであることを祈りたかった。

最初の質問に戻ることにした。

「あなたがなぜ若く健康でいられるのか教えて」

超長寿者はついに秘密を口にした。

「わたしが若く健康でいられるのは、ゲノム編集という科学技術によるところが大きいの」

マカロニが説明をしてくれる。

「ゲノムとは、全遺伝情報のことです。具体的にいえば、細胞の核の中の染色体、つまり、ＤＮＡに並んでいる核酸塩基という分子のことをいいます。この塩基の配列が遺伝情報です。ちなみに、ＤＮＡは有名な二重らせん構造を取っていて、対になっています。たとえば、人間のゲノムは約三二億塩基対(えんきつい)から成ります」

知世はチェリーに尋ねた。

「ゲノム編集というのは遺伝子操作のようなものかしら？」

「それとはちょっと違うの。遺伝子操作とは、任意の生物の遺伝子を、別種の生物のゲノムの中に組み入れることを指すの。つまり、遺伝子組み換えのことよ。たとえば、遺伝子組み換え作物（GMO）がそう。害虫への抵抗性を得るために、害虫が食べると死ぬたんぱく質をつくるバクテリアの遺伝子を組み込むのよ。それで、除草剤を撒いても枯れなかったり、害虫がつかなかったりする農作物をつくることができるの」

マカロニが解説の続きを引き受ける。

「遺伝子組み換え作物については、さまざまな危険性も指摘されています。アレルギー反応を引き起こす恐れや、遺伝子組み換え作物が自然界で繁殖することで、野生種に何らかの影響を与える可能性があるといいます。

とはいえ、食糧不足や環境問題を解決する手段として、世界中で研究と開発が進められています。安全性についても厳しい評価がなされているんです。日本で食品として利用されている遺伝子組み換え作物はすべて外国からの輸入で、世界中で一番遺伝子組み換え作物を多く食べているのは日本人であるとのことです」

知世は驚かされた。

「そうなのね。わたしたちはぜんぜん知らないうちに、遺伝子組み換えされた作物を食べていたのね」

チェリーが説明を続ける。

「ゲノム編集は遺伝子操作とは少し違うものよ。わたしたちのＤＮＡには、アデニン（Ａ）、グアニン（Ｇ）、シトシン（Ｃ）、チミン（Ｔ）という四つの塩基が含まれていて、それらがＡＧＴやＣＧＡというように三つ並んで、一つのアミノ酸を指定する遺伝暗号になっているのよ。アミノ酸が連なったものがたんぱく質で、わたしたちの身体をつくっているわけ」

「そこまではなんとかわかるわ」

「ＤＮＡのＡＧＴＣＧＡＣＣＴ……というつらなりのうち意味の成すものを遺伝子っていうんだけど、そのＡＧＴＣＧＡＣＣＴ……といったゲノムの文字列に対して、ピンポイントに狙った一文字を置き換えることがいまの技術では可能なのよ。それがゲノム編集なの」

マカロニがまた補足する。

「二〇二〇年に、ジェニファー・ダウドナ教授とエマニュエル・シャルパンティエ教授の二人の女性科学者が〝ＣＲＩＳＰＲ（クリスパー）〟と呼ばれるゲノム編集の技法を開発したことでノーベル化学賞を受賞しました。クリスパーは、ＤＮＡの二重らせんを切断して、ゲノム配列の任意の場所を削除、置換、挿入することができます。すなわち、ゲノムを文字どおり切ったり貼ったりと編集することができるんです」

「マカロニは便利ね」

「ありがとうございます」

チェリーにまた褒められ、マカロニはうれしそうだ。

ゲノム編集の話は続く。

「ハサミを備えた小さな分子マシンをイメージしてみて。ＤＮＡの上を移動しながら次々と塩基の配列を点検していくの。マシンは編集したい遺伝子の塩基配列が書かれたチケットを持っていて、これと同じ塩基配列を見つけると、ハサミで二重鎖を切断するのよ。そのときに、遺伝子の働きを失わせるか、あるいは、望みの遺伝子を入れるか、どちらかのことをするわけ。

人間の遺伝性の病気の中には、単一遺伝子疾患とかメンデル性疾患と呼ばれて、ゲノム上に存在するたった一カ所、たった一個の遺伝子の変異が引き起こす病気があるの。そういう病気に対して、間違った一文字をピンポイントで置き換えて、正常な遺伝子に修正することができるのよ」

「ちょっとイメージがしづらいんだけど、実際、どうやってゲノム編集は行われるの？」

「実は、ウイルスを利用するの」

それにはちょっと驚かされた。

「安心して。無害に設計されたウイルスよ。ウイルスの細胞に感染する性質を利用するのよ。編集したい遺伝子のチケットを持ったクリスパーを組み込んだウイルスを人間に感染させるわけね。すると、ウイルスは人間の細胞の核に入り込んで、クリスパーがゲノムを編集してくれるってわけよ」

世の中にはものすごいことを考える人がいるものだと感心させられる。

「ゲノム編集の仕組みはわかったわ。それで、どうやったらずっと若く健康なままでいられるの？」

「老化は遺伝子によりプログラムされたものだと話したでしょう。つまり、寿命を司る遺伝子があるということなの。寿命を延ばすものもあれば、縮めるものもあるのよ。そんな遺伝子が三〇種類近く見つかっているわ」

チェリーは寿命を司る遺伝子を具体的に挙げた。

「実験で使われる動物ではマウスやショウジョウバエが有名だけれど、C・エレガンスという長さ一ミリほどの線虫もまたよく使われるのよ。生化学者のシンシア・ケニオンらは、ダフ2遺伝子というたった一つの遺伝子の働きを阻害したC・エレガンスが、通常の個体よりも二倍も寿命が延びることを見つけたの。一九九三年当時、この発見は大変な驚きをもって迎えられたわ。ダフ2遺伝子は細胞や組織の成長にかかわっていて、その活動を抑えると長寿化することがわかったの。もちろん、このダフ2遺伝子は人間にもあるのよ」

「へえ、そうなのね！」

「また、体内時計を測るクロック遺伝子というものがあるわ。呼吸や心拍、排便などの生体のリズムをコントロールしているの。この遺伝子を変異させて活動を抑え込めば、生体のリズムがゆっくりして、成長に時間がかかるようになる。すると、成熟後の老化の速度を遅くすることができるのよ。つまり、長寿化するわけね。このように、ゲノム編集技術を使って、寿命を延ばす遺伝子の場合はそのスイッチをオンにして、寿命を縮める遺伝子の場合はそのスイッチをオフにしてあげればいいのよ」

知世は驚きの声を上げた。

「そんなに簡単なことなの？」

チェリーは知世の反応を見てくすくすと笑った。

「まあ、簡単といえば簡単ね。それだけ科学技術がすごく進化してきたと言えるわね。わたしたちはすでに寿命を司る遺伝子を見つけ出したし、そのスイッチを切り替えるゲノム編集という手段も手に入れたんだもの。永遠の若さと健康を手に入れることは、いまではすごく簡単なことなのよ。そして、わたしは寿命を司る遺伝子のいくつかをゲノム編集によってコントロールしてもらっているってわけなの」

4

チェリーの目の輝きが増した。話しながら興奮しているようだ。

「でも、これからはさらに進んだ医療を受けられる時代になるかもしれないわ。もしも、老化の時計をリセットすることができたとしたら？」

「そんなことが可能なの？」

「将来的には、老化した細胞を初期化することができるでしょうね。わたしたちの細胞の中のＤＮＡは、たとえ老いたＤＮＡであっても、若いころの情報を保持しているの。クローン羊のドリーは覚えている？」

「ええ、聞いたことはあるけれど……」

心細く答えると、マカロニが説明してくれる。

「クローン羊のドリーとは、一九九六年にイギリスのエディンバラ大学で誕生した世界初の哺乳類のクローン羊です。Ａという羊の体細胞から核を取り除き、Ｂという羊の卵子から核を取り出したその中に挿入し、それをＣという羊の子宮に移植させて産ませたものです」

非常にややこしい話だ。頭がこんがらがってくる。

チェリーが苦笑を浮かべる。

「つまり、何歳になろうとも、その人の細胞の核の中にはちゃんと若いころのＤＮＡの情報が眠っているというわけ。でも、細胞全体としては老化してしまっている。これを初期化するわけだけど、それには日本の山中教授が見つけたｉＰＳ細胞が役に立つのよ。体細胞に四つの遺伝子を組み込むと、細胞は初期化されて、ｉＰＳ細胞になるの。それは多能性幹細胞といって、体中のどんな細胞にもなることができる。初期化するための遺伝子を体内に導入することで、身体中の細胞を若返らせることができるわけよ」

「現代はすごい時代なのね。そして、これからはもっとすごいことが起きるんだわ」

知世は静かにため息を吐いた。

「でも、とってもお金がかかりそうね？」

「最先端の医療を受けるには、いまのところは確かにお金がかかるかもしれないわ。でも、お金をかけずにいますぐに長生きを手に入れる方法もあるのよ」

「そんな方法があるの？」

驚いて尋ねると、チェリーはうなずいた。

「かつての日本の沖縄をはじめ、イタリアのサルデーニャ島、コスタリカのニコヤ半島など、世界各地に散らばる長寿者のいる地域の住民が何を食べているかを調べた研究があるの。それによると、長寿者たちは、野菜や豆類や精白していない全粒穀物を多く摂り、肉や乳製品や砂糖を控えていることがわかったの。また、粗食であることも重要みたい。長寿を手に入れたければ、食事の量と回数を減らすことね。もちろん、栄養失調にならない程度にカロリーを制限するわけだけど」

「そんな簡単なことで長寿が手に入るの？」

「ええ。サーチュイン遺伝子という細胞の健康維持を行う遺伝子があるんだけど、サーチュイン遺伝子は空腹になると活性化されるのよ」

「ゲノム編集をしなくても遺伝子のスイッチを操作できるのね？」

「そういうことね」

「粗食がいいっていうのは聞いたことがあるわ。日本では〝腹八分目は医者いらず〟ともいうし」

「あと、運動も大事なことがわかっているわ。心拍数や呼吸数が著しく上昇する運動がよいようね。健康を増進する遺伝子を一番多く活性化するのは、高強度インターバル・トレーニング、いわゆるＨＩＩＴ（ヒット）と呼ばれるものだそうよ」

「食事に運動……。昔から言われていることだわ。でも、意外にこれができないのよね。わたしもぜんぜんしてこなかった……」

いまさら後悔しても仕方のないことだ。知世はため息を吐いた。でも、これからを生きる陽斗には大切なことかもしれない。

5

知世は少し考えてから素直にこう漏らした。

「ゲノム編集技術のすごさはよくわかったわ。でも、話を聞いて、わたしは期待に心躍るのと同時に、不安にも駆られるのよ」

現代は自由自在に遺伝子を操作できる時代だ。それは素晴らしい恩恵をもたらすことかもしれないが、反面恐ろしいことでもあるのではないか。

科学技術は人類の文明を築き上げたが、負の遺産もまたもたらしている。その最たるものが核兵器だ。原子力発電所の運転により生じる放射性廃棄物もまた、長期間にわたって人間や環境に悪影響を与える。人類が生み出した化学物質や工業廃棄物、プラスチックなどの排出による環境汚染もまた深刻である。

チェリーも厳しい表情になった。

「ええ、生命倫理についての話ね」

マカロニが解説してくれる。

「生命倫理とは、生物学と医学の立場から倫理的な問題を考える分野のことです。中絶や安楽死は許されるのか、遺伝子治療やクローンを作製することの是非などをめぐる議論も、生命倫理が考察する範疇です」

知世は不安の種の一つを口にした。

「たとえば、デザイナーベビーの問題があるわ」

チェリーがうなずく。

「受精卵の段階で遺伝子を操作して、外見や知能などを望みどおりにデザインしてつくられた赤ん坊のことね？」

「ええ。現代ではすでに、受精卵が子宮に着床する前に、染色体異常や遺伝性疾患の有無を検査する着床前診断が許されているでしょう。親が〝より健康な子供がほしい〟という願いは誰にも理解できるものよ。でも一方で、デザイナーベビーは、〝もっと優れた能力を持った子供がほしい〟、〝もっと優れた容姿を持った子供がほしい〟という親の身勝手な願望のもとに生まれるんだわ」

着床前診断は、受精卵が子宮に着床する前に、染色体異常や遺伝性疾患の有無を検査する方法だ。体外受精で得られた受精卵を分割し、その中から数個の細胞を採取して遺伝子検査を行う。異常が見つからなければ、残りの細胞を女性の子宮に着床させるわけだ。日本では重篤な遺伝性疾患と染色体異常による習慣流産に限って、着床前診断が認められている。

チェリーはうなずきながら知世の話に耳を傾けている。

「デザイナーベビーがはらむ問題点は大きく二つあると思う。一つは、受精卵時に行われる遺伝子操作は、親の意志によってなされるもので、子供のほうの意志を無視していることよ」

「わたしもあなたの意見に同意するけど、人は受精卵のときにはまだ人として認められていない。人でないものの意志は無視されてしまうのよ」

「でも、受精卵はやがて人となる。人となったとき、自分がデザイナーベビーだと知ったら、その子はどう思うかしら？　親に感謝するかしら？　自分の意志が奪われてしまったことを何とも思わないかしら？」

運命と宿命の話によれば、その子は絶対に変えられないはずの宿命を親の願望により変えられてしまったことになる。

チェリーはいろいろと考えている様子だった。

「……感謝するかもしれないし、しないかもしれない。でも、それを言い出したら、男性と女性が子供をつくるという行為そのものが二人の身勝手であり、子供の意志を尊重したものではないはずよ」

知世は反論できなかった。人が子を産むという行為は神聖なものだと思い込んでいた。だが、それは身勝手な行為の結果もたらされたものなのだろうか。

子供を産むという行為は親の身勝手なのだろうか？

ひょっとしたら、子供はこの世に生まれてきたくはなかったかもしれない。陽斗は生まれてきてよかったと思っているだろうか。それとも、生まれてきたくなかっただろうか？

ぎゅっと胸が押しつぶされる。

わたしは陽斗を産むべきではなかったのか？

知世は額に手を当てた。

「知世さん、大丈夫？　顔色が悪いわ」

バーテンダーが水を運んできてくれた。知世は受け取ってグラスから一口飲んだ。

「大丈夫よ。ありがとう」

水を飲むと少し気分がよくなった。傷ついている場合ではない。これからもっと重要な二つ目の問題点を指摘しなければならない。

「二つ目が何かはわかっているわ」

チェリーの表情にはあきらめのようなものも浮かんでいる。

「ゲノム編集技術がはらむ二つ目の問題は、優生思想につながりかねないということね？」

「ええ、そのとおりよ」

マカロニが説明する。

「優生思想とは、人間の遺伝的な素質を改善し、優れた人種をつくり出すことを目指す思想のことです。一九世紀後半から二〇世紀初頭にかけて盛り上がり、人種差別やナチスのホロコーストなどを正当化するためにも用いられました。より適応的で生存に有利なものが繁栄し、不適応なものは絶滅するというダーウィンの進化論を誤解あるいは拡大解釈したことで生まれたものです」

もっと頭がよくなりたい、もっと美しくなりたい、もっと背が高くなりたい、もっと痩せたい、もっと太りたい、もっと才能がほしい。ああなりたい、こうなりたい……。もっと――。

人間の欲望にはきりがない。強欲ともいえるほどだ。

一昔前にはかなえられない欲望もあったはずだ。しかし、現代では科学技術がほとんど応えてくれる。もっと美しくなりたいと美容整形を行う人もいる。もっと頭がよくなるようにある種のスマートドラッグを服用している人もいる。痩せるための薬を、筋肉を増強するための薬を服用する人もいる。背を高くするための薬や手術さえもある。科学による人間の〝変更〟はすでに行われているのだ。デザイナーベビーはその欲求の最たるものだろう。

「わたしたちの強欲の果てには優生思想がひそんでいるんじゃないかしらね」

チェリーは口をつぐんだ。知世の言葉を噛みしめ、考えているようだった。

やがて、超長寿者は口を開いた。

「わたしたちが真摯に向かい合って議論していかなければならない問題だわ。現段階では、病気の治療についてはゲノム編集の応用が認められている場合もあるけれど、優れた能力や性質を手に入れようとする、いわゆる強化(エンハンスメント)は認められないという同意(コンセンサス)がある。でも、どこからどこまでが治療なのか、エンハンスメントとの境界はどこなのか、その時代によって変わっていくかもしれないわ」

欲望の果てに優生思想がひそんでいようとも、わたしたちは自らの〝変更〟を求めずにはいられないのだ。なぜなら、人は常に自分と他人を比べてしまう生き物だからだ。それは人間の性(さが)だ。他人と比べ、自分が抜きん出ようとする。〝もっと〟という願いは他者との比較で生まれるものだ。

チェリーの表情が曇った。哀しみの色が浮かび、少しだけ彼女のオーラが弱まった気がした。

「わたしは自分だけが若く健康で美しくありたいと思って生きてきてしまったわ。わたしの願望の中に悪の芽がひそんでいるなんて考えもしなかった……」

知世は首を振った。チェリーを傷つけようと思って議論をしたわけではない。

「あなたの願望は誰もが抱く純粋なものだと思うわ。それを差別に結び付けてはいけないというだけ。みんながみんな若く健康で美しいわけじゃない。優秀で才能があふれているわけじゃない。いろんな人がいていいと思うの。ハンディキャップを持った人たちだって……。誰もが認められる住みよい社会をつくることが大切なんだわ」

知世はふと自分が泣いていることに気づいた。

6

「すっかり重苦しい話になってしまったわ。ごめんなさい」

知世は手の甲で涙を拭った。

チェリーはかぶりを振る。

「ううん、謝らないで。とても有意義な話だったわ。こんな議論をするなんて本当に何年ぶりかしら。あなたと出会えてよかった」

「そう言ってくれてありがとう」

知世とチェリーはしばし微笑み合った。マカロニはそんな二人を黙って見つめていた。マカロニもまた微笑ましく思っているかのように。ロボットに感情はないはずだが、ときとしてマカロニの中に人間が入っているのではないかと思う。

知世には超長寿者たちに聞いてみたいことがあった。なぜ彼、彼女たちは超長寿を手に入れようと思ったのか。それぞれに動機が違うはずだ。マイケル・ダイヤモンドさんは死を恐れていたが……。

「チェリー、あなたはなぜいつまでも若く健康で美しくありたいと思うようになったの?」

チェリーは顎に手を当てて、少し考えるようにした。

「女優であることが大きく影響しているんだと思う。若く健康で美しくあることを求められる職業だから。そうあれば、いろんな役柄がもらえるしね。わたし自身、人生に対してすごく積極的で、これからもいろんなことに挑戦していきたいの。やりたいことは山のようにある。女優としてキャリアも積みたいし、趣味をもっと深めていきたいし、まだまだ恋愛だってしたいのよ」

チェリーは輝くような笑みをこぼした。人生に対する明るい貪欲さをうらやましく思う。人は年齢の経過とともに活力を失いがちだ。前向きな姿勢も保てなくなっていく。そうなると、人生を思い切り楽しめなくなってしまう。

身体だけではなく、心も若くあらねばならない。それは努めてできるものではない。心も勝手に老いていくものだからだ。科学技術の力で細胞を若返らせれば、身体だけではなく心もまた若返ることができるのだ。

チェリーが続けた。

「プラトンがこんなことを言っているの。〝いかなる人間にも、三つの望みがある。健康であること、正直な手段で金持ちになること、そして美しくあること〟って。わたしはね、ただ長生きしようとは思っていないのよ。たとえ、一〇〇〇年生きたとしても、身も心もぼろぼろだったらしょうがないでしょう。たとえ、寿命が延びたとしても、老人介護施設で人工呼吸器や点滴の管につながれて生きていくなんてまっぴらごめんよ。人生の最終部分だけが延びても何の意味もないもの。心身ともに健康でなければ、人生を楽しむことなんてできないものね。だから、わたしは健康でかつ若く美しいまま永く生きたいと思っているのよ」

チェリーは思い出したというように、人差し指を上に向けた。

「ギリシャ神話に面白い話があるわ。曙の女神エオスは、トロイア王ラオメドンの息子で、美しい青年だったティトノスに一目惚れしたの。それで、彼を連れ去り、二人は結ばれて、女神の宮殿でともに暮らした。

エオスはいつか彼が死ぬと思うと悲しくなったので、ゼウスに頼んで、ティトノスを不死にしてもらった。でもね、エオスは彼に永遠の若さを授けてもらうのを忘れていたのよ。ティトノスは、年を取るにつれて老いていき、身体は弱っていった……。それでも、不死であるために永遠に苦しむことになる。結果、エオスはティトノスをセミに変えてしまった。絶えず鳴いて自分を喜ばせ、毎年古くなった殻を脱ぎ捨てられるように」

哀しい話だ。ギリシャ神話には人間の悲哀が描かれている。

知世は気になって尋ねた。

「健康と若さが大切なのはわかるわ。でも、美しさも重要なの？」

チェリーは当然だとばかりにうなずく。

「昨今では、外見至上主義(ルッキズム)という言葉が使われて、外見や容姿で人を判断して、差別的な行動を取ることを批判する傾向があるでしょう。世界各地でミス・コンテストが廃止されたり、ファッションショーにプラスサイズモデルという個性的な体形の女性が起用されたり……。外見や容姿で人を判断してはいけないと、人々は行動様式をあらためようとしている」

「まったくそのとおりよね。容姿に優劣をつけるなんて間違っていると思うわ。みんなそれぞれ個性的であることは、多様性の観点から見ても、素晴らしいことだと思うわ」

「ええ、そうかもしれないわね。でもね、現代ほど若さや美しさが求められている時代もないのよ。美容整形の世界市場規模は年々右肩上がりを続けていて、五五〇億ドル（約八兆円）を突破している。みんな、本音の部分では誰もが美しさと若さに価値を置き、自分もあやかりたいと思っている。そこには厳然とダブル・スタンダードが存在しているのよ」

残念なことに、チェリーの言うことは正しい。知世は人間という生き物に失望を感じた。社会は総体として正しい方向へ向かっているのかもしれない。しかし、人間の本性というものは太古の昔から変わらないままなのだ。未来永劫にわたって……。

「でも、どうしてわたしたちはそこまで若さや美しさにこだわるのかしらね？」

チェリーの答えは簡潔明瞭なものだった。

「人は若さと美しさを求めるように進化してきたからよ。人間は若いころのほうが生殖能力は高いでしょう。三十代の終わりになると、女性の生殖能力は三割減少し、その後は急激に衰えていく。だから、男性は若い女性の外見に興味を示すようになるの。もちろん、男性のほうも加齢によって生殖能力は落ちていくわ。

また、人間の容姿や容貌の美しさには普遍的な〝元型〟があると考えられているの。人間の脳は自然の中から美を見つけ、求める習性がある。だから、容姿容貌が美しい人はより求められるのよ」

「すべては進化の結果なのね」

チェリーはあわてて付け加えた。

「あくまで進化論の見地からの話であって、もちろん、見た目だけが重要だと言っているわけじゃないので誤解しないで。人は中身も重要よ。人にやさしくあること、正直であること、勤勉であること……。どれも尊重されるべき性質だわ。でも、それと同時にまた、本能が欲するままに、美しさと若さもあれば、とつい思ってしまう生き物なのよ」

7

「知世、今回の旅はいかがでしたか？」

プライベートジェットの機内にて、充電中のマカロニにそう聞かれて、知世は深々と息を吐き出した。

心に何か鬱屈したものが溜まっていた。チェリー・リーと出会えたことはかけがえのない経験になった。その容姿だけではなく、生命力にあふれた内面にも惹かれた。しかし、自分の心のうちの負の部分を見ているような気がしたのもまた事実だった。

「今回もまたとても有意義な旅だったわ。それは間違いない。でも、いろんなことを考えさせられたわ。特に、人間は欲深い生き物だということがよくわかった。もちろん、わたしも含めてね」

プラトンが言うように、人は健康で美しくありたいと願うものだ。そして、チェリーが語ったように、若く健康で美しくあれば、いろんな経験ができるだろう。

人が長寿を願う理由の一つには、享楽を追求したいという欲求もある。自己実現を果たしたいという欲求もあるはずだ。それは好奇心や向上心があるともいえるが、欲深いともまたいえるのではないか。

マカロニは小首をかしげた。

「なんだか、欲深さは罪であるような言い方ですね」

「欲も深すぎれば罪になると思うわ」

「なるほど。確かに、〝強欲〟は罪のようです」

ネットで調べたのだろう。マカロニがうなずいた。

「傲慢、強欲、嫉妬、憤怒、色欲、暴食、怠惰の七つは、カトリック教会では〝七つの罪源〟と呼ばれているようです」

「その昔、エデンの園でアダムとイヴは幸せに暮らしていたのよ。ところが、ある日、神さまから食べてはいけないと忠告されていた知恵の実を、イヴは蛇の誘惑に負けて、アダムにも分け与えて、二人で食べてしまったの。そして、神さまの怒りを買った二人は楽園を追放されてしまう。

人類はその最初から欲によって道を踏み外しているの。そして、神をも恐れない傲慢な種でもあるのよ。でも、そんな人類の強欲と傲慢さが今日の科学技術を築き上げてきたんだわ」

「やはりまたギリシャ神話に教訓となるような物語があります。イカロスの翼の物語です。ご存じですか？」

「さあ、聞いたことあるかしら……」

「アテナイの伝説的な工人、ダイダロスとその息子のイカロスは、ミノス王により閉じ込められたクレタ島から脱出するために、鳥の羽根と蠟で翼をつくりました。ダイダロスは、イカロスに〝高すぎれば太陽の熱で翼の蠟が溶け、低く飛びすぎれば海の波の飛沫で翼が重たくなってしまう〟と忠告し、二人は空に飛び上がりました。

しかし、イカロスは新しい体験に興奮し、父親の忠告を無視して、空を飛ぶ高度を上げてしまいました。そのため、蠟が溶け、羽根が脱落し、イカロスは地面に転落し命を落としてしまいます。このイカロスの翼の話は、神に近づかんとするテクノロジーへの風刺であり、身の程を知らない人間の傲慢と強欲が自らの破滅を招くという戒めでもあります」

知世は嘆息した。やっぱり今回の旅の後味はほろ苦い。

「神さまがいるのだとしたら、人間の傲慢と強欲をよく思われていないようね。マカロニ、わたしたちもまた傲慢と強欲の罰を受けることになるのかしら」

「さあ、どうでしょう。だとすると、ひょっとしたらわたしもまた罰を受けるのかもしれません。人間が傲慢と強欲にまかせてつくったロボットですから」

8

陽斗はまだ怒っているだろうか？　部屋に引きこもったまま、顔を出さなかったらどうしよう。泣きわめいたらどうしよう。

そんな不安を抱えながら、知世は自宅マンションにたどり着いた。恐る恐る玄関のドアを開けると、何やら話し声が聞こえてくる。靴脱ぎ場に女性もののパンプスが置かれている。お手伝いの小畑真砂さんが来ているらしい。真砂さんと陽斗が話しているようだ。

廊下を進んでリビングに顔を出すと、真砂さんと陽斗がテーブルを挟んで向かい合い、食事をしているところだった。スパゲティのナポリタンだ。息子の大好物である。真砂さんは四十代のシングルマザーで、子供好きである。また、子供からも好かれる明るい性格の持ち主だった。

「あ、知世さん、お疲れ様です」

真砂さんが立ち上がり、丁寧に頭を下げた。

知世もまた頭を下げる。

「こんにちは。いつもありがとうございます」

息子のほうを向く。

「陽斗、ただいま」

「お帰り」

あらぬほうを見ながら、陽斗は気恥ずかしげに言う。自閉スペクトラム症の人々は相手と視線を合わせようとしない。

「ご旅行はいかがでしたか？」

真砂さんが興味津々に聞いてくる。

「すばらしかったわ。お会いしたチェリー・リーさんも素敵な人だったし、いろいろ考えさせられる会話だった。あと、香港という都市は活気があって楽しいところだったわね。陽斗にも見せたかったな。一一八階から見渡すヴィクトリア・ハーバーの眺めは最高だったのよ」

陽斗はあまり関心がなさそうだ。思い返せば、息子と一緒に夜景を見たことはない。だから、陽斗は素晴らしい夜景というものを想像できないのかもしれない。

「そうそう、お土産もあるのよ。真砂さんと陽斗に」

「わたしにもですか！」

真砂さんの顔がほころぶ。手提げ袋から取り出して渡した。

「これ、お茶風味のチョコレート。すごくおいしいのよ」

「わあ、ありがとうございます！　いただいていいですか？」

「どうぞどうぞ」

真砂さんは包みを開くと、「いただきます」と口にして、「すごくおいしいです」と喜んでくれた。

陽斗がもじもじしながら言う。

「ぼくも……お母さんにプレゼントあるよ」

意外な言葉だった。

「プレゼント？」

うれしいはずなのに、知世は素直に喜べない。もうすぐ死ぬというのにプレゼントをもらっても意味がないのに……。ついそんなふうに思ってしまう。プレゼントをあの世には持っていけないのだから。

「どんなもの？」

「ぼくの部屋にある」

真砂さんが小さくうなずいている。顔には穏やかな笑みが浮かぶ。それが何か知っているようだ。そして、知世が喜ぶに違いないと確信している。

陽斗が立ち上がり、部屋へ向かった。知世はその後ろに続く。真砂さんもついてくる。ドアを開くと、相変わらず部屋は散らかっていた。新しい絵を描いたのか、油絵の具の匂いが強く漂っている。

「これ」

陽斗がイーゼルの上に立てかけられたキャンバスを指差した。縦五〇センチ、横三〇センチほどの大きさがある。人物画だ。女性がオレンジ色に描かれている。まるで太陽のように光り輝いている。

知世はすぐにそれが誰かわかった。自分だ。

「お母さんにあげる」

陽斗が隣に立っていた。つぶらな目で知世を見ている。

息子は息子なりのやり方で、想い出を残そうとしてくれているのだ。

「いままでありがとう」

たどたどしくそんなことを言ってくれる。

「ありがとうを言うのはわたしのほうよ」

涙が頬を伝った。

「わたしのもとへ生まれてきてくれてありがとう」

知世はその場に崩れ落ちた。

第3章　四苦八苦のない男

1

知世は夢を見た。

大きな会場に黒い服を着た男女がたくさん並んでいる。誰かの葬式だ。それも盛大である。弔問客の列をたどっていくと、遺影が見えてきた。

写真は誰あろう知世だった。

そうか。わたしは死んだのか。

そして、霊魂になって自分の葬式を見ているのだ。へえ、霊魂は存在していたのか。死んでみて初めてわかった。

遺族席に秘書の近藤梨奈とお手伝いさんの小畑真砂さんがいた。二人とも泣いてくれている。親戚やクロノスの重役や社員の姿も見える。

陽斗の姿がない。どうしたのだろう。葬式に来ていないのか。

霊魂の知世は会場中を探し回った。陽斗はどこにもいない。よく迷子になる子だった。またどこかに一人で行ってしまったのか。戻れなくて困っているかもしれない。

わたしが死んで、誰もあの子の面倒を看る人がいなくなってしまった。

胸が押しつぶされる思いだ。

知世は息子の名を呼んだ。

「陽斗、どこなの？　どこにいるの？」

誰も知世の声に気づかない。死者の声は彼らには届かない。これが死んだということなんだ。

葬儀のときはみんな知世のことを思い出して哀しんでくれる。でも、それも数日のことだ。やがてわたしは誰からも忘れられていくのだと思った。

あの子もわたしを忘れてしまうだろうか？

「陽斗……」

知世は息子の名前を呼んだ。返事はない。本当にどこに行ってしまったのか。迷子になったのではないか。それとも、わたしのことはどうでもいいと思っているのか。

勝手に死んでいったことをまだ怒っているのか？

お母さんだって死にたくなかったんだよ？

目を覚ますと、知世は泣いていた。身体中に嫌な汗を掻いている。

夢の中で陽斗がいなくなった記憶がまだ残っている。本当に自分が死んだとき、葬式に来てくれるだろうかと心配になる。

来てくれるに決まっている。わかりきったことだ。

寝室には油絵の具の匂いが漂っていた。新しい絵が飾られているからだ。知世は額縁に入れられたその絵の前に立ち、しばし見つめていた。陽斗が描いた自分の絵だ。

素晴らしい才能だと思う。世の中の人たちが見出してくれたら、認めてくれたらと切に願う。

陽斗が三歳のとき、自閉スペクトラム症であるとの診断を受けてから、知世はどうにかして病気を治すことができないかと思い悩んだ。当時は、自分を責めたりもした。

いくら言っても聞かない。じっとしていられない。一つのことに集中できない。コミュニケーションが上手く取れない。できないことを挙げていったらきりがない。でも、こうして素晴らしいものも持っている。いや、たとえ何も持っていなかったとしても、何だというのだ？

ありのままでいいんだ。いつしかそう思えるようになった。自閉スペクトラム症もまた、この子の個性なんだと。

でも、もしも、病気が治ってくれたら……。

そう思わずにいられない。生まれたときから、この胸に抱いたときから、知世は陽斗を愛している。親が子供を愛するのに理由はない。それでも、陽斗が普通の子と同じようになったらと思わずにはいられない。それは陽斗のためだ。

リビングのソファに腰を下ろした。深いため息を吐く。昨日よりも身体が重い。寝ても疲れが取れない。

自分に残された時間がそう長くないことを悟った。

知世はソファに座りながら、窓から昇る朝日をながめた。東の空が黄金色に輝き、あたりに生命力が満ちるさまを見つめた。森羅万象にとっての新しい一日の始まりを感じていた。

自分が死んでも、ちゃんと日は昇り、新しい一日が始まり、人類の営みは続くのだ。

七時ちょうどにマカロニが自動的に目を覚ますと、続いてインターフォンが鳴り、お手伝いの小畑真砂さんがやってきた。陽斗と知世の朝ごはんをつくってくれるのだ。七時半に陽斗が起き出して、自室から顔を出した。「おはよう」とあいさつを交わし、真砂さんのつくってくれた朝ごはんをテーブルで一緒に食べた。この日は、鮭の塩焼きと卵焼き、金平ごぼうとほうれん草の胡麻和え、そして、豆腐の味噌汁だった。

「ねえ、陽斗」

知世は向かいの息子に声をかけた。

「ドバイに行ってみない？」

「ドバイ？」

スマホでドバイの写真を見せる。湾岸にそびえる超高層ビル群や広大なショッピングモール、美しい海にきれいな浜辺、そして、広大な砂漠やラクダの写真などだ。ドバイにはさまざまな顔がある。

「二人で行こうよ」

陽斗はにっこりと微笑んでうなずいた。

「うん。ドバイ、行こう！」

その三日後、知世は陽斗とマカロニを連れて、三人目の超長寿者に会うために、アラブ首長国連邦ドバイ首長国へと向かった。

2

見渡す限り、赤茶けた砂ばかりだ。

ドバイ砂漠の道なき道を錆びた４ＷＤ車で走っていく。知世とマカロニは後部座席で激しい揺れと戦っていた。陽斗は助手席で大はしゃぎしている。アトラクションに乗っている気分なのだろう。

運転してくれたのは、ツアーガイドのアブドゥールさんだ。ドバイ国際空港で知世たちをピックアップしてから、４ＷＤ車を走らせること一時間が過ぎた。人気の砂漠ツアーが巡るエリアではないためか、見渡す視界に人や車の姿はない。ただ砂の大地が広がっているだけだ。

三人目の超長寿者は、アラジン・ムハンマドさんという男性だ。砂漠の奥地に住む大富豪だという。

会話もろくにできないほど、道が波打っていたが、平坦な場所に戻ると、知世はアブドゥールさんに尋ねた。

「アラジンさんは王族の関係者なの？」

アブドゥールさんは前を向いて運転しながら答える。

「いいえ、違いますよ。アラジンさんは不動産王ですね。ドバイのあちこちに高級住宅をいくつも所有しています。日本円で一兆円くらいの資産がありますよ」

「そ、そうなのね……」

ドバイは好景気に沸いている。なんだか日本が貧しい国に思えてくる。実際、日本はかつてのような経済大国ではもうない。一九八九年の当時、世界時価総額のトップ五〇の中に、日本企業は三二社も入っていた。トップ五は日本企業が独占していたほどだ。しかし、二〇二二年になるとたった一社だけがランクインするに留まった。

それだけではない。世界六四カ国を対象にした二〇二三年の世界競争力ランキングでは、日本は過去最低の世界第三五位になっている。息子がこの先も生きる日本にこのまま衰退してほしくはない。いや、たとえ子供がいなくとも、その思いは変わらない。生まれ育った国にはこれからも発展してもらいたいと思う。それが愛国心というものだろう。

突如として、前方に巨大な黒い雲のような壁が立ちふさがった。そんなものはいままでに見たことがない。

知世は驚いて叫んだ。

「あれは何!?」

アブドゥールさんは呑気な声で返す。

「ああ、砂嵐ですね。過ぎ去るのを待ちましょう」

車が停止した。黒い壁が物凄い速さで迫ってきて、たちまち知世たちを呑み込んでしまった。世界が黒い闇に覆われ、まったく視界が利かなくなった。轟音が鳴り響き、知世は耳を塞いだ。

陽斗が何か意味のないことを叫んでいた。知世にも聞きとれない。初めての経験で興奮しているのだ。

何分経っただろうか。だんだん轟音が小さくなり、視界が晴れてきた。そして、砂嵐は去っていった。

４ＷＤ車は再び走り出した。ほっと安堵の息を吐いて、前方に目をやると、白亜の城のような建物が見えてきた。

「えっ、今度は蜃気楼?」

アブドゥールさんが笑う。

「違いますよ。あれがアラジンさんの住むお屋敷です」

3

城のように大きな建物は現代的なモダニズム建築であり、装飾の類はいっさいないシンプルな外観だった。庭にはターコイズ・ブルーのプールが水をなみなみと湛え、プールサイドをヤシの木が囲んでいる。絵に描いたような豪邸である。

メインエントランスの大きなドアが開き、中年女性のメイドが現れた。吹き抜けのエントランスホールに入ると、ひんやりとした空気が身体を包み込む。アブドゥールさんはそこのソファで待っているという。

知世と陽斗とマカロニはメイドに続いて石畳の床を歩き、リビングルームへ案内された。知世の自宅のリビングの何倍という広さだろうか。三階分の高さまで吹き抜けになっており、天井からは数トンはあろうかという大きなシャンデリアが吊るされている。最高級のソファやテーブルが並び、そこはうっとりするほどラグジュアリーな空間だった。

シャンデリアの真下に、六十代と思われる男性がノーネクタイに濃紺のシャツ、ベージュ色のジャケットにスラックスという出で立ちで立っていた。中東系の濃い顔立ちをしている。日に焼けた肌とベージュのジャケットがよいコントラストを成している。

もう一人、奥のソファから立ち上がった人物がいた。やはり中東系の女性で、四十代後半だろうか。豊かな黒髪が印象的である。白い花柄の描かれたグリーンのワンピースを着ている。おしゃれな雰囲気の女性だった。

「初めまして。日本から来ました、宇佐美知世です」

知世が頭を下げると、男性もまた丁寧に一礼した。

「初めまして。アラジン・ムハンマドです。ようこそ、わが家へ」

アラジンは陽気な声で言うと、女性のほうを紹介した。

「こちらはぼくの恋人のアイシャです」

アイシャが内気な笑みを浮かべる。

「初めまして。どうぞよろしく」

「長旅でお疲れでしょう。どうぞゆっくりなさってください。何を飲まれますか？　各種アルコール、フレッシュジュース、何でもありますよ」

「じゃあ、パイナップルジュースで」

アラジンに勧められて、知世と陽斗とマカロニは並んでソファに腰を下ろした。陽斗はものめずらしいのか、部屋のあちこちに視線を走らせている。アラジンもまた対面のソファに腰を下ろした。その隣にアイシャが移動した。

間もなく、メイドの女性がトレイに大ぶりなグラスに入ったパイナップルジュースを運んできてくれた。グラスにパイナップルの果肉が添えてある。アラジンとアイシャには赤ワインが渡され、知世たちは乾杯をした。陽斗はグラスを両手で抱えるように持つと、ストローを口にくわえ、瞬く間に飲み干してしまった。

アラジンは陽斗の様子を見ていた。すぐに普通の子とは違うと思ったようだが、何も言わなかった。息子の病気の話は伝えていないが、知世自身の病気については事前にメールで知らせていた。メイドの女性が再びパイナップルジュースを持ってきてくれた。

アラジンが口を開いた。

「話は秘書から聞いています。ぼくの身体の秘密が知りたいそうですね？」

「アラジンさんは超長寿者だとお聞きしたんですが、お若く見えますね？」

「ちょっと誤解があったようですね。ぼくはまだ超長寿者ではありません。今年で六三歳になります。しかし、向こう数百年は生きるでしょう」

「数百年!?」

知世は驚いて鸚鵡返(おうむがえ)しをした。

「ええ。もちろん、乗っている飛行機が墜落するかもしれないし、車に轢かれて死ぬかもしれない。そういう事故や事件に巻き込まれなければ、ということです」

「いったいどうして数百年も生きられるんですか？」

アラジンはにやりとした。

「それには秘密があるんです」

効果的な間をつくってから言う。

「ナノテクノロジーをご存じですか？」

知世は頭を掻いた。

「最近よく聞くのだけれど、それがどんなものかはわかっていないかもしれないわね」

「わたしに説明させてください」

いつものように、マカロニが口を挟む。

「ナノテクノロジーとは、一九七〇年代に科学者のエリック・ドレクスラーが発展させたもので、ナノレベルの物質を扱う技術のことです。一ナノメートルは一メートルの十億分の一という大きさです」

「ううん、すごくちいさいのはわかるけど、ちょっとピンとこないわね」

「原子一個の大きさがだいたい〇・一ナノメートルと言われていて、原子一個の大きさはバクテリアの約一万分の一、バクテリアは蚊の一万分の一の大きさです」

知世は鼻を鳴らした。

「やっぱりピンとこないわ」

アラジンが朗らかに笑う。

「ナノの説明は難しいよ。いつもぼくが話すのは、一メートルに対して一ナノメートルとは、地球とピンポン球くらいの違いがあるということだよ」

「それならちょっとわかりやすいかも」

マカロニが小さく肩をすくめた。

「すみません。お役に立てず……」

「いいのよ。いつも役に立っているんだから」

知世はマカロニからアラジンに顔を戻した。

「ナノテクノロジーがとっても小さいものを扱う技術なのはわかったけど、実際のところどんなことに使われているのかしら」

「現代のわれわれの身のまわりにはナノテクノロジーが普通に使われているよ。スマートフォンの頭脳である中央演算処理装置(CPU)やメモリなどに使われている半導体のチップの上には、数ナノメートルの線幅で回路が刻まれている。また、カーボンナノチューブという素材は、炭素原子を直径数ナノメートルの円筒状に結合させた素材で、鉄よりもはるかに軽く、ダイヤモンド並みの硬さを持つという。たとえば、車のボディの柔軟性と強度を高めるために使われているね。また、化粧品のファンデーションやローションでも、透明感や滑らかさをアップさせるために、成分粒子をナノメートルのレベルにまで細かくしている」

「化粧品のパッケージにはよく〝ナノ〟の売り文句が使われているわね」

「医療にも使われているよ。ピンポイントドラッグデリバリーといって、微小な粒子に薬を封入して、体内の必要な個所に直接送り届けることができる。そうすれば、副作用が非常に少なくて済むからね。この技術は医療を根本的に変えてしまうといわれている。これまでの医療は手術と医薬品がメインだったけど、ナノテクノロジーが進化すれば、そのどちらもいらなくなるからね。プログラムされたナノサイズのロボットが血液の流れに乗って全身の細胞に行き渡り、病気の細胞を治療してくれるんだから」

「そんな夢のような時代が来るのね！」

知世は感嘆の声を上げた。

アラジンは夢見るような表情になって続ける。

「二一世紀はナノテクノロジーの時代になるよ。ナノテクノロジーを制した国は、さまざまな面で優位性を得ることができるため、世界を制することになるとさえいわれている。だから、いま各国の研究者たちがしのぎを削っている状況なんだよ」

「へえ、そんなに……」

「ドレクスラーによれば、究極的には人間が物質の構造を完全に支配できるようになるというよ」

「物質の構造を支配？」

「うん。その意味するところは、将来、原子の一個一個を直接操作できるようになるってことだよ。その操作をやってのけるのは、一個が分子一つ分サイズのロボットだ。人呼んで〝ナノボット〟。このナノボットの大群が、あらゆる種類の原子を一個一個手に取り、動かすことができるんだ。そうするとどんなことが起きるか？」

「どんなことができるの？」

知世はすっかりアラジンの話に引き込まれていた。

アラジンは身振り手振りを交えて言った。

「何でもできるんだよ！　物質は突き詰めると原子で出来ているだろう？　だから、原子を一個一個並べることができれば、たとえば、炭を構成する炭素の原子からダイヤモンドの結晶に組み替えることができる。ダイヤモンドも炭素原子で構成されているからね」

「ええっ！　炭素からダイヤモンド⁉」

「いやいや、そんなもんじゃない。無生物の材料から生命をつくり出すことだってできるんだよ」

「ええっ！　無生物から生命……⁉」

「だって、あらゆる生命体は突き詰めれば原子からつくられているからね。その原子を正確に並べていけば生命体がつくれるのは当然だろう」

にわかには信じられないことだ。まるで魔法ではないか。

「プログラムされたナノボットに原料となる炭素や窒素、水素、酸素などを与えてやれば、それらの原子を一個一個並べていって、やがて分子が出来上がるだろう。そして、その出来上がった分子をまた次々に並べていけば、何でも望むものをつくることができる、というわけだ」

「そんなことがもう行われているわけ？」

「いまはまだだけど、遅かれ早かれその技術は完成する。ナノテクノロジーによる万物製造機がね」

「万物製造機……!?」

それまで黙っていたアイシャが口を開いた。

「実は、生物の体内では同じことが日常的に起こっているんですよ。牛は草を食べ水を飲んで大きくなりミルクを出すでしょう？　牛の身体を通して水や草が肉やミルクになるってことです。まったく同じことなんですよ」

マカロニもまた感心した様子だ。

「原理的にはそうですね。牛肉はたんぱく質であり、たんぱく質はアミノ酸の組み合わさったものです。そして、アミノ酸は炭素、水素、酸素、窒素などありふれた分子が組み合わさったもの。ナノボットはそれらの原子や分子を組み立て、アミノ酸をつくり、アミノ酸からたんぱく質をつくっていくわけですね」

アラジンがうなずいている。

「そのとおり。それが生物的な過程か、機械的な過程かだけの違いなんだ」

リビングの一角を指差した。

「あれを見てごらん」

そこには一メートル四方の立方体のガラスケースが置かれていた。知世もそれには気づいていた。何だろうといぶかしく思っていたのだ。

ケースの中には二つの砂の城が並んで建っている。だが、どちらも完成した城ではない。あらためてよく見ると、城は少しずつ形を変えていた。知世から見て右側の城は高さを増し、左側の城は低くなっていく。微細な砂が動いているのだ。一方では城を築き、一方では城を壊している。

「これは特別にプログラムしてもらったナノボットの砂時計だ。砂粒大に集合化したナノボットが、二四時間かけて城を築いては壊すことを繰り返す。ちなみに、電源は太陽光から得ているんだよ」

見世物としては面白い。知世はしばらく破壊と再生の様子をながめていた。

陽斗はといえば、今度はゆっくりとパイナップルジュースを飲んでいる。退屈しているのかもしれない。おとなしくしているのは何よりだった。母が大事な話をしていることをわかっているようだ。

「ナノボットが何でもできるのはわかったわ。あなたが数百年を生きる超長寿者になれるという理由を教えて」

アラジンはうなずくと口を開いた。

「さっきピンポイントドラッグデリバリーの話はしたね？　プログラムされたナノボットが血液の流れに乗って、病気の細胞を治療してくれるという」

「ええ」

「ぼくの身体中の血管にもいまナノボットの小隊が常駐しているんだ。簡単に説明すると、ナノボットを体内に注入して、身体中をパトロールさせることで、がんやＤＮＡ異常を検知して、修復させるんだよ。そうすれば、すべての病を治療できるというわけだ」

「すごい。そんなことが可能なのね！」

アラジンは愉快そうに笑っている。

「ナノボットたちは、〝正常な細胞〟がどのようなものか学習しているので、正常から外れた細胞、つまり異常な細胞を正常な細胞へと修復することができる。それなら、これまでに知られていない病気であっても治すことができるだろう。その意味は、何千何万とある病気を理解する必要はないってことだ。ただ、異常な細胞を正常な細胞へと修復すればいいんだからね。だから、ナノボットによって、われわれは病気とは無縁の身体を手に入れることができるんだよ。

そして、正常な細胞を理解していれば、老化した細胞もまた修復することができるんだ。老化した細胞もミクロの視点で見れば、物理的な損傷が原因だからね。皮膚がたるむとか、骨がもろくなったとか、記憶力が低下するとか、すべて細胞の老化が原因なんだ。身体のすべての細胞を若く正常な状態に戻してやることで、若さと健康を取り戻すことができるってわけだ。ナノボットによって、われわれは永遠の若ささえ手に入れることができるんだよ」

「あなたの身体にはそんな優秀なナノボットたちがたくさんいるわけね？」

「まあ、ぼくの体内に常駐しているナノボットたちは、まだまだ研究段階のもので、そこまで優秀ではないけれどね。それにまだ自己複製化ができない段階だから、圧倒的にその数が足りていないんだよ」

「自己複製化？」

「そう。極小のナノボットに全身の細胞の修復をさせたり、物質をつくらせたりするためには、膨大な数が必要になるんだよ。何億、何兆という数がね。人間が一つひとつ作製することはできないから、ナノボット自らが自己を複製するようプログラミングしなくてはならない。まだ、その領域には至っていないということさ」

4

「でも、すごいわ……！　実現すれば、まさに夢のような技術だわ！」

知世は思わずうなってしまった。超長寿を手に入れられることもすごいが、勝手に病気の治療まで行ってくれるというのが素晴らしい。

これまで二人の超長寿者から、身体の臓器を機械に交換する技術や、遺伝子を編集することで寿命を司る遺伝子のスイッチのオンオフを制御したりする技術について聞いてきた。だが、このナノボットたちを身体に常駐させれば、元の身体のまま超長寿を手に入れることができる。まさに万能の技術ではないか。この二一世紀がナノテクノロジーの時代になるというのもうなずける。

アラジンは賞賛の言葉を受けて得意げだ。

「いまは研究中のこの技術が完成すれば、われわれは仏教でいうところの〝四苦八苦〟から解放された存在になれるんだ」

「四苦八苦という言葉は仏教用語だったのね？」

中東の人が仏教について語るのが意外だった。それが顔に出たのだろう、アラジンはにやりとした。

「超長寿を目指す者たちはみな死について学ぼうとするものだよ。だから、どんな学問よりも真面目に死というテーマに取り組んできた宗教を学ぶ者は少なくない」

例のごとく、マカロニが解説してくれる。

「日本語で使われている四苦八苦は本来は仏教用語です。人生における八つの苦しみを指します。〝四苦〟とは、生老病死の苦しみのことです。生苦とは、生まれてきたこと、生きていく苦しみ。老苦とは、老いていく苦しみ。病苦とは、病気をする苦しみ。そして死苦とは、死んでいく苦しみです。

〝八苦〟とは、これに加えて、愛別離苦（親しい人と別れる苦しみ）、怨憎会苦（人間関係の苦しみ）、求不得苦（欲求の成就を得られない苦しみ）、五蘊盛苦（自分の心や身体さえ思いどおりにならないことへの苦しみ）です。仏教ではこれら四苦八苦は人として生きていく上で避けて通れない苦しみであると説いています」

知世はため息を吐いた。

「生苦……人がこの世で生きていくというのは大変なことよね。一人で生きていくのも大変なら、人との間で生きていくのにも苦労がつきまとう。人の悩みの大半は人間関係だというものね。次に来るのは経済的な問題でしょう。世界のほとんどの国では生きるためにはお金が必要だものね。そういう文明のない世界はもっと大変で、自分で住むところや食料を調達しなくちゃいけない。だから、生きていくというただそれだけでも人は苦しむのよ。

老苦……老いも苦しみよね。誰もがそうでしょうけれど、わたしだって若いころはいまよりもきれいだったのよ。いまそう言っても誰も信じてくれないでしょうし、昔は自分の顔を好きになれなかったけれど、それでも昔のほうがずっときれいだった。若いころはただ若いというだけできれいに見えるものね。肌もぴちぴちとして張りがあってね。いまはすっかりおばさんになってしまった。老いは苦しみよね。

病苦……病こそは苦しみそのものでしょう。病を得て楽しめる人はいないものね。生きているとさまざまな病気にかかることがある。風邪や麻疹など軽いものならいいけれど、がんや心臓病や糖尿病にかかったら、それは苦しむことになるわ。

死苦……死を前にしたら人間は無力でしょう。生前にどんなに大成功して莫大な富を築いて、社会的にも重要な地位に就き、どれだけ社会貢献をして多くの人たちに影響を与えたとしても、人間は死んでしまったら無に帰ってしまう。〝わたしの人生って何だったんだろう〟って、虚脱感に襲われることになるのよ。それこそが死に神の本当の姿かもしれない。だから、人間にとって死は最大の恐れの対象であり最大の苦しみなのよ」

「まったく、知世さんの言うとおりだ」

アラジンの陽気な顔に翳りが出来た。その苦しみは自らも経験済みだというように。だが、彼の双眸には希望が宿っていた。

「そう。人間の最大の苦しみは、死そのものだ。死に至る老いもまた苦しみだろう。いまぼくは老いも死さえも克服しようとしている。だから、ぼくには死への恐れ、老いへの恐れはない。病の苦しみもない。日々は平穏無事で、ただ続いていく。仏教の四つの苦しみのうち、老いの苦しみと病の苦しみと死の苦しみがなく、唯一生きる苦しみだけがある状態だ」

知世はあらためてアラジンを見つめた。四苦のうちの三つの苦を克服した人物を。そんな人生を生きるとはどんな気分だろうか。

意外にも、残りの生苦には悩まされているらしい。

アラジンは続ける。

「人は生きているがゆえに苦しむものなんだ。生きる苦しみを減らすために、どれだけぼくが苦労を重ねてきたか。この世に生を受け、生きていけば、必ず人と会う。人は一人では生まれず、一人では生きていけない。だから、生きていくということは多くの人たちとかかわっていくということだ。

だが、人と出会えば、出会った数と同じ分の別れがある。両親がいれば、両親はいずれ死に、兄弟姉妹がいればやがて死に、友人や同僚たちも死んでいく。まわりから一人また一人と人が去っていく。もちろん、素晴らしい出会いばかりではないが、出会った人たちとは必ず別れなければならないというのはつらいことだ。淋しいことだ。そして、孤独なことだ。ぼくはこの世で一人なんだと感じる夜ほどつらいものはないからね」

アイシャが恋人の肩に手を掛けると、アラジンがその手を握りしめ、手の甲にやさしくキスをした。

「あなたでも孤独や淋しさは感じるのね？」

「もちろんだよ。超長寿者になったからといって、人間の心まで失ったわけではないからね。自分の思いどおりにならずに落ち込むことだってあるよ。しかし逆に、すべてが思いどおりになる世の中ならば、それはそれで退屈して、倦怠感に襲われることになるだろうね」

「そうかもしれない。人間というのは気難しい生き物だわ」

「そのとおり！　生きることはかくも難しく、苦しいことなんだよ」

知世はアラジンをまっすぐに見つめた。

「それでもあなたは超長寿を得ると決めたのね？」

「そうだね。生きることは苦しみであると同時に、ときとして喜びでもあるからね」

5

いつの間にか、陽斗はソファで寝ていた。久しぶりの旅で疲れたのだろう。

アラジンにぜひとも聞いてみたいことがあった。この地球の行く末だ。陽気な楽天家のように見えるが、彼にとってもけして楽観視できるものではないはず。

「超長寿者が増えていったら、この地球はどうなるのかしら。環境破壊や食料・エネルギー不足が加速して、わたしたちはこの星に住めなくなるんじゃないかしら」

予想に反して、アラジンは不敵な笑みを浮かべた。

「いや、ナノテクノロジーのすごいところは、そういった問題すら解決するポテンシャルを秘めているところなんだよ。人間を治すだけではなく、地球の傷も治してくれるかもしれないんだ」

「詳しく聞かせてほしいわ」

「人間が爆発的に増えれば、地球の汚染も進むだろう。大気であれ、土壌であれ、水であれ、廃棄物は環境を汚染し破壊する。でも、ナノボットはそんな廃棄物さえも原料にして、有機物や無機物に分解することができる。また、そもそも、空気、土地、水を汚すことなく、必要な物質を生み出すことが可能だ。環境を破壊することなく、資源を獲得して、ものを生み出すことができるんだよ。何といっても、万物製造機なんだからね」

知世は感嘆することしきりだった。ナノテクノロジーにできないことはないのではないかと思えるほどだ。

アラジンはガラス越しに庭のほうをながめた。白い石畳に囲まれたプールの水面がそよ風を受けて小さく波打ち、太陽の光を受けてきらきらと輝いている。

「遅かれ早かれ、人類が老化や死について悩む時代は終わるよ」

いまでは知世もそう確信できるのだった。

「もっとも、ナノテクノロジーがすべての願いをかなえてくれるわけじゃない。生きることには苦しみがつきまとう。将来に不安を覚えることもあるだろう。人間関係に悩むこともある。孤独を感じることもある。挫折したり失望したりすることもあるだろう。でも、もっとも人間が苦しむ要因の一つである経済的な問題からは解放されるかもしれない」

「まさか、ナノテクノロジーで貨幣をつくっちゃうっていうんじゃないでしょうね？」

アラジンは笑って首を振った。

「できるだろうが、それは違法だ。そうじゃないよ。そう遠くない未来、人類はもはや嫌な労働をしなくて済むだろうっていうことだ。考えてもごらんよ。ナノボットたちは原子と分子を一個ずつ正確に並べて配置していくことができるんだよ。自動車から宇宙船まで、牛肉から寿司まで、ありとあらゆるものをまったく人の手を借りずに自動で生み出してくれるんだ。そんなナノボットさえ開発できれば、世界中の仕事は何もかも引き受けてくれるだろう」

知世はマカロニと目を合わせた。ナノボットはやがて人の手を借りずにマカロニさえ生み出すという。いまでさえ、ＡＩ搭載のロボットが人間の手伝いをしてくれる時代なのだ。これから先、どんどん人間の仕事をロボットやナノボットたちが肩代わりするようになるという。

知世は困惑した。アラジンが呑気でいるのが理解できない。

「でも、それはすなわち、すべての人間の労働が奪われてしまうことを意味するんじゃないかしら。何もせずに食べていける富裕層はいいけど、労働しなければ生きていけない人たちは何をして食べていけばいいの？」

アラジンはかぶりを振った。何もわかっていない、というように。

「いや、もう人間は嫌な仕事をしなくていいんだ。生計を立てるための労働はいらなくなる。ナノボットがあれば、どんなものでも安価につくれるんだからね。人は何でもほしいものを手に入れることができるようになる。たとえば、電子レンジくらいの大きさの箱の中に、水と雑草を放り込んで、扉を閉める。あとは待つだけ。ナノボットが分解して好きなものを生成してくれる。いまはまだ信じられないかもしれないけどね」

衝撃だ。天と地がひっくり返ってしまうほどの……。

アラジンが言うように、にわかには信じることができない。でも、それが遅かれ早かれできるというのだ。

「ナノボットがあれば、ゆくゆくは世界の貧困と飢餓をなくすこともできるはずだ」

知世はマカロニに尋ねた。

「ねえ、世界でいまどのくらいの人々が貧困や飢餓にあえいでいるの？」

「国際的に定められている貧困ラインである、一日一・九ドル、約二〇〇円で生活する人々は、二〇一五年の段階で、世界人口の一〇パーセントに相当する七億三四〇〇万人いるとされています。一方、飢餓の原因は貧困だけではありません。地震や旱魃（かんばつ）、水害などの自然災害により農作物が被害を受けたり、生活基盤を失ったりすることで飢餓になったり、また、紛争によってもたらされる飢餓も深刻です。二〇一八年時点で、世界の九人に一人、約八億人もの人々が飢餓で苦しんでいると考えられます」

日本はまだまだ恵まれている。だが、世界に目を向ければ、少なくない人々がまさに地獄の中で生きているのだ。

アラジンが確信のこもった口調で言った。

「ナノボットが世界中に行き渡れば、貧富の差はなくなるよ。ありふれた原料からほしいものを何でもつくることができるからね。いまのように莫大な財産を持っていようといまいと、そんなものは意味がなくなってくるんだ」

アラジンの言うとおりの世界が到来したら、それは素晴らしいだろう。それでも、知世には疑問が残っている。

「でも、ナノボットが何でもかんでも生み出してしまったら、経済システムが崩壊してしまうんじゃない？」

アラジンは首を振る。

「ナノボットにも生み出せないものがある。芸術やスポーツ、サービスといった無形のものだ。だから、お金というものがまったく必要なくなるかどうかはわからない。だけど、その価値は大幅に下がるだろうね。いまベーシックインカムが論議されているだろう。国民が国から一定額のお金を継続的に与えられるという制度だよ。その核心とするところは、お金の価値が低くなるということだ。政府から無償でお金が配られ、そのお金で物が買えるということはそういうことなんだよ。勘違いしてはいけないのは、物づくりをナノボットがやってくれるために、大量の失業は起こるだろうが、失業して誰かが困るわけではないっていうところだ。生計のために働く必要がなくなるだけなんだからね」

アラジンの語る夢は止まらない。

「人間はしたいときにしたいことだけをすればいい。それこそは人類が長い間夢見てきた理想郷（ユートピア）じゃないかな」

「ユートピアというのは面白い概念ですね」

マカロニが応じる。

「一六世紀、イギリスの作家トマス・モアがつくった造語だそうですが、この世のどこかに楽園、理想郷が存在するという考え方は古くからありました。ギリシャのアルカディアや中国の桃源郷、チベットのシャンバラなど、世界各地に理想郷伝説は残っています」

知世はマカロニに尋ねた。

「理想郷というと聞こえはいいけど、ユートピアって具体的にどのようなものなの？」

「モアがその著書『ユートピア』で描いたユートピアでは、すべての住民は平等であり、貧富の差は存在しない。彼らは財産を私有することはなく、必要なものがあるときには共同倉庫のものを使う。勤労の義務を有し、日頃は農業にいそしみ、空いた時間には音楽や詩を愛でる……といったものですね」

知世は小首をかしげた。

「それは本当に理想郷なのかしら。わたしだったら一カ月で飽きるけれど」

アラジンは朗らかに笑った。

「知世さんは辛辣だな」

ナノボットが世の中の労働を奪ってしまったら、人間がすることがなくなってしまうではないか。しかも、ナノボットにより人間は超長寿を手に入れられるという。ならば、数百年、いや、千年という時を人はどうやって過ごせばいいのか。

「世界から貧富の差がなくなることはよいことだと思う。貧困や飢餓がなくなることは最高でしょう。でも、ナノボットが何から何までやってくれる世界では、人々は努力をしなくなるんじゃないかしら。

いまの社会ではある程度努力した人はその報いを受けられることになっている。努力や創意を失った人たちは無気力になるだろうし、そんな社会からは活力も失われていくんじゃないかしら。わたしは自由な競争というものも必要だと思うけど」

アラジンは少しだけ哀しそうな眼差しで、大理石のテーブルの上に載った南国の果物の数々を見つめた。

「ナノテクノロジーが発展した先には、優雅な倦怠が待っているという人もいるよ。まさにぼくがいま体験していることだ。大好きなスポーツを嗜み、観戦して、空いた時間には、ワインを飲み、マンゴーを食べながら、好きな読書をする。でも、自分の人生の時間を好きなときに好きなことに使えるっていうのは最高の幸福なんじゃないかな？　人々は知識と娯楽を追求するようになる。芸術と娯楽が未来の人類のテーマになるかもしれない」

「それで、人類は幸福になるのかしらね？」

働き者の人が定年退職をするや、うつ病にかかってしまう事例が少なくない。急にやることがなくなり、自宅に引きこもるうちに、うつ病になってしまうのだという。仕事人間ほど多いらしい。やりがいを失うと、人は滅入った気持ちになってしまうものなのだ。

アラジンもまた一緒に考えてくれているようだった。

「幸福とは何かを捉え直さなくてはいけないかもしれないな」

マカロニがすかさず口を挟む。

「幸福とは、人生において喜びや満足感、充足感を感じることです。個人によって異なる定義があります。一般的には、物質的な豊かさ、社会的なつながり、健康的な身体、精神的な満足感などが幸福に必要な要素と考えられています。また、他人を幸せにすることを通じて得ることもできます。個人の人生目標の達成や意味のある人生を送ることにも関連しています」

「そうよね。幸せって人それぞれなのよね」

アラジンが思いついたように言う。

「こんな小話がある。メキシコの漁師が一日に二、三時間しか働かず、太陽の下でワインを飲んだり、友達と楽器を演奏したりして過ごしている。それを見て愕然としたアメリカ人のビジネスマンは、漁師に勝手なアドバイスをするんだ。もっとたくさん働きなさい。そうすればその利益で大きな漁船をたくさん買って、他人を雇って漁をさせ、何百万ドルも稼いで、さっさと引退することができるぞ。それを聞いた漁師は、引退して何をするっていうんだと尋ねる。ビジネスマンはそれに答えて言う。太陽の下でワインを飲んだり、友達と楽器を演奏したりできるじゃないかってね」

知世は笑った。

「面白い話だわ。その話のメキシコ人たちは人生の楽しみ方を知っているのね」

「ぼくたちは科学技術を極めた結果、原始的な時代に逆戻りするのかもしれないな。原始時代の娯楽こそ、未来のぼくたちの幸福につながるものかもしれない」

知世は興味本位から尋ねた。

「聞いているといいことずくめだけど、ナノテクノロジーに危険性はないの？」

アラジンより早く、マカロニが答えた。

「グレイグー問題というものがあります。極小のナノボットたちが、わたしたち人間の必要とする大きさのものを生み出すには、何億、何兆という膨大な数が必要になります。人間が一つひとつつくっていくことはできませんから、アラジンさんが先ほどお話ししたように、ナノボットには自己複製能力を持たせなくてはいけません」

「ええ、わかるわ」

「そこで、たとえば、最初のナノボットが一〇〇〇秒で自分のコピーをつくるとします。すると、二個のナノボットが次の一〇〇〇秒で二個のコピーをつくります。出来上がった四個のナノボットがまた四個、八個がさらに八個というふうにコピーをつくっていくと、一〇時間後には六八〇億個ものナノボットが出来上がる計算になります。一日で重さ一トン、二日足らずで地球より重くなり、地球は灰色の塊になり果ててしまう。それがグレイグーです。プログラム・エラーなどにより増殖が止まらなくなる可能性はありえます」

「そんな恐ろしい危険がありうるのね」

知世は農作物や野生植物を食い尽くすサバクトビバッタを連想した。サバクトビバッタは数千億という途轍もない数で大規模な災害を引き起こす。飢餓や貧困の一因にもなるという。『聖書』や『コーラン』にも被害が報告されているほど古くから恐れられている現象だ。暴走したナノボットはサバクトビバッタをはるかに上回るパワーで地球を食い尽くし、ナノボットの巨大な塊と化すだろう。

アラジンが真剣な表情で語る。

「グレイグーのような未来を避けるために、ナノボットには知能を持たせず、逃げ出して暴走するような設計にはしないことが重要だ。あるいは、決まった回数しか複製しないように制限するカウンターを組み込むこともできるだろう。当然ながら、優秀な科学者たちが対策を講じるはずだ。それに期待しよう」

あらゆる科学技術がそうであるように、ナノボットも使い方を誤れば甚大な被害を人類に及ぼしうるということか。しかし、それを守れば、想像を超える未来がわたしたちを待ち受けている。

老化をなくし、死を遅らせ、欲しいものは何でも安価で手に入り、圧倒的な豊かさをもたらしてくれる。人類は飢餓と貧困から解放される。

原子と分子から物づくりのできるナノボットがひとたび開発されれば、大革命とも呼ぶべき変革が起き、世界は不可逆的に変わってしまうわけだ。

人は働かなくてよくなるという。ナノボットたちが昼夜問わず、自動的に働いてくれるからだ。人類は労働の苦しみからも解放される。この地球上に史上初めて理想郷が訪れるのだ。

これまで二人の超長寿者から聞いた科学技術より、知世はしっくりくるものを感じた。これならば、自分の未来を託すこともできるのではないか。

「わたしのがんもナノボットで治療できるかしら」

アラジンは初めて哀しげな表情を浮かべた。

「ぼくが治療を受けているナノボットの開発者は非常に変わり者でね。まだまだ研究中とのことで、限られた人にしかナノボットのサービスを提供していないんだ。年に一人、ランダムに選んだ人にだけ提供している。ぼくはラッキーだったんだ」

そこで、アラジンは恋人の腕にやさしく手を置いた。

「アイシャはナノボットのサービスを受けていない。ぼくは研究者に頼んだ。アイシャにもナノボットを投与してほしいって。でも、彼女だけ特別扱いはできないと断られてしまった」

無念そうにかぶりを振る。

「自分だけ何百年と生きられても、愛する人の命が有限であれば、残されたほうは淋しい思いをすることになるよ」

アイシャは添えられたアラジンの手を握った。

「わたしが消えていなくなっても、わたしのことを覚えていてくれる？」

「もちろんだよ。いつまでも忘れないよ」

二人は互いに肩を抱き合った。

6

アイシャは疲れたと言い、知世に小さく一礼をすると、リビングから静かに出ていった。自分には訪れない未来を語るアラジンの話に付き合い切れなくなったのかもしれない。

陽斗が目を覚まし、残りのパイナップルジュースを飲んだ。

知世はこれまでナノテクノロジーの真価を知らなかった。世界を徹底的に変革する力を秘めた技術がもうすぐ登場するというのに。ソクラテスが言うように、「無知は罪なり」だ。この技術の進展には万人が備えなければならない。だが、圧倒的な技術を前に、一人ひとりがどんな対策を立てられようか。

貧富の差がなくなることは望ましいことだ。飢餓や貧困がなくなることも。生活のために嫌な労働をしなくて済むのもなんと素晴らしいことか。

しかし、ナノボットによって何から何まで自在に物が生み出される世界は、はたして人類に本当の幸せをもたらしてくれるのだろうか。

わからない。知世には想像すらできなかった。期待も感じる一方で、恐怖もまた感じるのも事実だ。変革することへの恐怖である。

アラジンはといえばとても呑気だ。未来に微塵の不安も抱いていないかのように。

知世はアラジンの死生観を聞いてみたくなった。

「ねえ、あなたはなぜ超長寿を手に入れようと思ったの？」

アラジンはまっすぐな目で答えた。

「端的に言えば、ぼくは未来を見たいんだ」

これまで会った二人の超長寿者とも違う。だが、共感を覚える答えだった。

今日命を落とす人は、明日の未来を見ることはできない。超長寿を手に入れれば、通常の寿命では見られない未来を見ることができる。

アラジンは続けた。

「ぼくにはいくつか夢があってね。自分が叶えたい夢もあるよ。でも、誰かに叶えてもらわなくちゃ実現しない夢もあるんだ。それは自分ではコントロールできないことだからね。実現されるまで待つしかないんだよ」

「それがどんなものか教えてくれる？」

「一つはあれだよ」

壁に埋め込まれたディスプレイ用の大きな棚の一角に、まるでトロフィーか何かのようにサッカーボールが鎮座していた。

「ぼくは大のサッカーファンでね。アラブ首長国連邦がワールドカップで優勝するシーンを見てみたいんだ」

夢見るような口調で言う姿はまるで子供だ。

「その気持ちはわかるわ」

知世はサッカーにあまり興味はなかったが、四年に一度行われるワールドカップだけはテレビに齧りついて観たものだ。日本がワールドカップで優勝したら夢心地だろう。大のサッカーファンならばなおのことだ。

「いったい何年、何十年かかるかわからないけどねえ」

アラジンはそう言うと笑った。

「もう一つは、宇宙旅行だ。これもぼくが努力しても叶わない夢だ。優秀な科学者たちの力を借りなければね。ぼくが言う宇宙旅行は、月の周囲を回る程度のことじゃないよ。それはいまでもお金を積めばできるからね。そうじゃなくって、何カ月、いや何年もかかる本格的な宇宙旅行だよ。たとえば、火星に行くのもいいよね。火星にちょっと滞在してみるとかね。そのためには、火星に滞在できるステーションが出来なくちゃならないけど。空に浮かぶ地球を見上げながら、ゴルフができたら最高だなあ。そんなことも、あと一〇〇年経てば、けして夢ではなくなると思うんだ」

一〇〇年前にいまの世の中をあらゆる観点から予想できた人はいただろうか？　誰もいないはずだ。一〇〇年後に人類を取り巻く環境なんてとても想像できない。火星に滞在できるステーションが出来ていないなど、誰も言うことができない。

「宇宙旅行……。わたしも行ってみたいわ。人類の夢よね」

知世は陽斗と一緒に火星旅行へ行くさまを夢想した。陽斗は宇宙が好きだ。小さいころはよくベランダから夜空を見上げ、星を見つけて喜んでいたものだ。もちろん、その夢はもうかなわない。

「そして、三つめは、ぼくは人類の行く末を知りたいんだよ」

アラジンは少しだけ真面目な顔つきになって言った。

「人類にこの先どんな運命が待ち受けているのか。あるいは、絶滅する運命にあるのか。それを見守りたいんだ」

知世はうなずいた。

「人類の行く末……。わたしもぜひ知りたいわ。タイムマシンがあったらいいのに……」

一〇〇年後、この地球で人類がどんな生活を送っているのか、見てみたかった。

7

アラジンの豪邸からの帰路、４ＷＤ車に揺られながら、知世は少し眠ったが、すぐに目を覚ました。相当に疲れたのか、陽斗はまた眠っている。マカロニは眠らないが、状況を判断して静かにしてくれている。

アラジンとの会話を思い出し、地球の未来について考えた。

科学の進歩の速度は一定ではない。あらゆる科学分野において発見や発明がなされ、知識が積み上げられていけばいくほど、その進歩の速度は指数関数的に速まっていく。これからの一〇年はこれまでの一〇年と同じではないということだ。

人工知能はやがて地球上の全人類の総知能を超えるだろう。技術的特異点（シンギュラリティ）だ。人類はもはや人工知能を制御できなくなるかもしれない。

シンギュラリティを迎えた世界では、人々の仕事との付き合い方、社会構造さえ大きく変わってしまうだろう。経済システムさえ変革されるかもしれない。ベーシックインカムが一般的になるかもしれないし、お金というものの価値がなくなってしまうかもしれない。

気候の変動も進むだろう。人類の営為の影響で地球温暖化が進むこともありえる。また、一方でナノテクノロジーなどの力により、環境問題に解決の糸口が見つかる可能性もある。だが、これほどまでに破壊が行われた環境を数十年、百年という短い期間で修復することは難しいのではないか。また、地球は自らも気候変動を起こし、氷河期と間氷期のサイクルを繰り返している。これから氷河期の時代が来るという学者もいる。それにナノテクノロジーが対抗し得るのかどうかは誰にもわからない。

スティーヴン・ホーキング博士の言うように、人類は本当に宇宙へ進出していくのかもしれない。もはや地球は人類が住むのに適した星ではなくなりつつある。月は移住するには小さすぎる。重力は地球の六分の一で、人間はたちまち虚弱になってしまう。目指すは火星だ。大きさは地球の半分ほどで、重力は三分の一だ。問題は四つある。大気、気温、宇宙線、そして、水を含む食料だ。どのくらいの年月と費用がかかるかわからないが、科学技術の進展を見込めば、どれもけしてクリアできない課題ではない。火星移住は視野の範囲内なのだ。

人類は地球を見限って火星に移り住むのか。そして、そこで永遠に生きていくのだろうか。もちろん、地球を離れない人々もいるだろう。地球に郷愁（ノスタルジア）を感じる人たちだ。未来では人類は二つの星で生きていくことになるのかもしれない。それとも、さらに遠い宇宙へと進出していくのか。

知世は想像を膨らませるのをやめた。それは何世紀も先のことだ。陽斗でさえ生きてはいない。あるいは、科学技術の力を借りて、生き永らえているだろうか？

8

それはいつものことながら、あっという間の出来事だった。

陽斗が迷子になったのだ。世界最大級のショッピングモールと呼ばれるドバイモールの中だ。お菓子売り場で買い物中、ふと目を離した隙に、陽斗がいなくなったのだ。二人での地なのだ。
出かけると、よく迷子になる。だが、今回は勝手が違う。言葉の通じない遠く離れた異国の地なのだ。

ドバイモールは巨大だ。東京ドーム二八個分の広さがあり、一二〇〇店舗以上ものショップやレストランが軒を連ね、水族館やアイススケートリンク、お化け屋敷などのテーマパークまである。民族衣装を着た地元民から世界各国から来た観光客まであらゆる人種でごった返している。今日は休日なのでなおのことだ。

知世は広い店内を捜し、隣のお土産ショップも覗いて、息子の名前を呼んだ。まだそんなに遠くへは行っていないはずだ。ものの数十秒くらいしか目を離していないのだから。こんな人混みの中で迷子になったら見つけられない。冷や汗がどっと噴き出した。

どこか目的があるのか。この巨大な宝箱のようなモールに、陽斗の興味を引きそうな場所はいくらでもある。洋服には無頓着だが、おもちゃやお菓子には目がない。他にも目新しいものなら、何にでも興味を持つ。

そうだ。インフォメーションセンターを探そう。日本でも施設内で迷子になったときには、よくお世話になっている。若い女性の案内係に息子が迷子になったことを英語で伝えた。ただちに日本語で呼び出してくれるという。待ち合わせ場所が問題だ。インフォメーションセンターはモール内にいくつかあるし、場所を指定しても陽斗が見つけ出せるとは思えない。もっと目立つ場所が望ましい。

「水族館の前はいかがでしょうか？」

案内係がそう提案すると同時に、それだとひらめいた。

このモールの中でもっとも陽斗の気を引くのは水族館に違いない。案内係に礼を言って、地下二階へ急ぐ。上階まで吹き抜けになった空間に巨大な水槽が設置されている。水族館の中でも唯一そこだけは無料で見学できる場所だ。人気があるため立錐の余地もないほど見物人がいる。知世は人を掻き分けて進んだ。そして、水槽の目の前の柵に張り付いている陽斗を見つけた。

「陽斗」

名前を呼ぶと、息子は振り返った。

「お母さん、サメだよ。サメ」

母の気持ちも知らないで、満面の笑みを浮かべている。

ほっと安堵の息が漏れると同時に、にわかに怒りが湧き起こった。

「捜したのよ。勝手に一人でいなくなったらダメだって言ってるでしょう」

「サメがいるよ。大きなサメがいる」

陽斗の言葉は無視して叱りつける。

「そんなので、これから一人で生きていけるの？　わたしが死んだら、一人で生きていかなくちゃならないんだよ？」

「サメがいるよ」

知世は息子の肩を激しく揺すった。

「サメなんてどうでもいいでしょう。一人で生きていけるのかって聞いてるの！」

「お母さん、痛いよ、痛いよ」

まわりに人がいることなんてどうでもよかった。知世ははばかることなく泣き出してしまった。

死を間近に控えて、病体に鞭打って世界を飛び回っている。自分のためでもあるが陽斗のためでもある。将来、陽斗の病気が治ってくれるときが来てくれればと。それまで生きていてもらいたいと。普通の人生を歩んでもらいたいと……。

それとも、陽斗はいまのままでいいのだろうか。しょせん人は一人では生きていけない。陽斗は他人の助けを借りながら生きていけばいいのか。科学の力なんて借りようと思っていないのだろうか。知世は息子の心の声を聞いていない。

病気が治ってくれたらという願いは知世のものであって、陽斗のものではないのだ。陽斗はいまのままの自分でいいのかもしれない。

だいたい、知世の願いはいまの陽斗を否定することになるのではないか。いまの陽斗を受け入れていないことになるのではないか。

知世の心は「それは違う」と叫んでいる。もちろん、いまの陽斗を受け入れている。深く愛している。そんなことは疑う余地もない。それでも、病気が治ったら陽斗はもっとよい人生を歩めるのではないかと思わずにいられないのだ。

「帰ろう」

知世が腕を引くと、陽斗は素直にうなずいた。

9

プライベートジェットの機上で、マカロニが知世の前のシートに座り、自らコンセントにプラグを差し込んだ。知世の顔をじっと見つめ、何かを感じ取ったように言う。

「知世、だいぶお疲れのようですね？」

「ええ、ちょっと体調が思わしくないわね」

知世はこれまで弱音を吐かないできた。だが、つい正直に告白した。疲れているだけではない。頭痛と吐き気がして、機内で一度嘔吐している。食欲がなく何も食べていないので、胃液だけしか吐けなかった。死期が近づいていることが自分でもわかるのだった。

知世は隣を見た。陽斗がシートを倒して眠っている。

「マカロニ、わたしが死んだら陽斗をよろしくね」

マカロニはどう答えたらいいのかわからないようで、しばらく無言のままでいたが、やがて同情するような口調になって言った。

「わかりました。お任せください」

「ありがとう」

「残念です。知世との想い出を忘れません」

知世は微笑んだ。マカロニは優秀なロボットである。人が何と言えば安心するかをわかっている。そして、知世との想い出を忘れることはないだろう。

「さて、次の超長寿者で最後ね」

「次はそう遠くではありません。日本の方ですから」

「そうなのね」

「人類が行きつく先の一つの形かもしれません」

「そんなにすごい人なの？」

知世はごくりと生唾を呑み込んだ。

「いわゆる人と呼べるのか、疑問が残りますけれど」

「どういう意味？」

「それはお会いしてからのお楽しみということで」

「わかったわ。楽しみにしてる」

知世は目を閉じた。しばらくして、また吐き気がした。我慢できなくなり、トイレに向かおうと立ち上がったとき、目の前の空間がぐるりと回転した。そして、そのまま意識を失った。

第4章　永遠に生きる女

1

目を覚ますと、病室のベッドの上だった。

知世は起き上がろうとしたが、身体はベッドに縛り付けられたように動かない。起き上がる力がないのだと知った。

「目を覚まされましたか？」

穏やかな声が言う。ベッドの傍らにかかりつけの医師がおり、知世の顔を覗き込んだ。

「わたしは……。何があったの？」

言葉を話すのも一苦労だ。

「飛行機の中で意識を失ったそうです。ご旅行をされているそうですね。それは素晴らしいことだと思いますが、あまりご無理のないように」

「わかったわ」

知世はうなずこうとしたが、首も動かせなかった。

かすれた声でなんとか言う。

「先生、あと一カ所出かけるところがあるの。いつ出発できますか？」

「体力が回復すればできますが、一週間ぐらい安静にしていたほうが……」

「そんなに長く安静にしていたら、その間に死んじゃうかも」

冗談で言ったのだが、医師は笑わなかった。

「二、三日は休まれたほうがいいと思います。宇佐美さん、あなたの人生です。お好きなように使われてください」

「そうね。そうするわ」

知世は少し眠ることにした。次に目を覚ましたときには、すぐに病室を出ようと決めていた。

目を覚ますことができれば……。

2

二日後、知世は幸運にも目を覚ました。それから一日安静にして、アポイントを取っていた四人目の超長寿者に会うために、ハイヤーを呼んで鎌倉に向かった。

よく晴れた十二月の日だった。後部座席の隣には陽斗とマカロニもいる。陽斗はまるで旅行気分で、コンビニに寄ってお菓子を買い込むと、ポテトチップスの袋を開いて食べ始めた。

「こぼしたらダメよ。ほらほら、こぼしてるじゃないの」

注意しているそばから、陽斗はシートの上に欠片をこぼした。

運転手の男性が笑った。

「大丈夫ですよ。あとで掃除しますから」

「すみません」

知世は謝りつつも、目に付く欠片を拾った。

「さて、最後の超長寿者のことを教えてちょうだい」

マカロニに尋ねると、いつもの中性的な声で答えた。

「お名前は、鈴木千歳(すずきちとせ)さんです」

「年齢は？」

「ええっと、まだ五七歳ですね」

「はあ？　わたしと変わらないじゃないの」

マカロニは愉快そうに笑う。

「はい、年齢だけ見てみると、知世と変わりませんね。でも、千歳さんは文字どおり永遠に生きることができます」

「永遠に生きる？　ちょっと大げさね」

「いえ、大げさではありません。千歳さんにお会いしてみれば、わかると思いますよ」

「これまでお会いした中にも、永遠に生きるとまで言った人はいなかったわね」

知世はこの一カ月の間に訪ねた三人を思い出した。

マイケル・ダイヤモンドさんは、具合が悪くなった心臓をはじめとする臓器を人工のものと取り替えていた。彼は死ぬことを恐れた。だから、自分の身体を半分ロボットにまでして、生き永らえることを選んだ。

チェリー・リーさんは、ゲノム編集により寿命を司る遺伝子を操作していた。彼女は若く健康で美しいままでいることを望み、そして、享楽を追求したかった。地球は経験したいことに満ちているから。

アラジン・ムハンマドさんは、ナノテクノロジーの力を借り、ナノボットを体内に常駐させ、異常な細胞や老化した細胞を修正させていた。彼は数百年は生きるだろうと言い、未来を見たいと語った。人類の行く末を見守りたいと。

永遠に生きる者の死生観とはどのようなものだろう。

しかし、永遠とは気が遠くなるほどに永い。

「確か、ギリシャ神話か何かに永遠に生きる者の話があったはずよ」

マカロニに尋ねてみると、優秀なロボットはネットの海からちゃんと答えを探してきた。

「プロメテウスの話ですね。最高神ゼウスに反目したプロメテウスは、天上の火を盗み人間に与えました。それに激怒したゼウスは、プロメテウスを山の頂に縛り付け、毎日大鷲を遣わせて、プロメテウスの肝臓をついばませますが、肝臓は夜ごとに元どおりになるのになりますね」

です。プロメテウスは不死身なのでした。だから、彼は永遠に苦しむ罪を与えられたこと

「永遠に生きるということはどこかその話に通じるところがあると思うのよ。一〇〇年や一〇〇〇年でもなくて、永遠なんですからね。わたしの五七年間はあっという間だった。一〇〇〇歳も二〇〇〇歳さえあっという間かもしれない。でも、永遠となると話は別よ。あっという間ということはありえない。アラジンさんが言っていた幸せになる方法、芸術や娯楽でさえ退屈すると思うのよ」

「なるほど、確かにそうかもしれません」

「たとえ病にならなくとも、老いることがなくても、働かずにいられようとも、生きるということには苦しみがつきまとうと思うの。永遠に生きる者は生きるという苦しみと真正面から向き合うことになるんじゃないかしらね」

「四苦八苦における生苦ですね？」

知世はうなずいた。

「たとえば、猫がいるでしょう。人間にすべてを与えられている飼い猫は満たされた生活をしている。そんな環境でぬくぬくと暮らす猫は幸せなのかもしれない。たとえ、永遠の命を授かっても、猫は幸せな気分で毎日を過ごすと思うのよ。でもね、わたしたち人間は猫じゃないのよ。だって、猫は生まれてきた意義とかを考えないでしょう？」

「ははは、確かに」

マカロニは笑った。笑うべきところと判断したのだろう。感情はないはずだから。

「パスカルが言うように、人間は〝考える葦（あし）〟なのよ。生まれてきた意義、生きる意味をどうしても考えてしまうの。その考えるという人間特有の性質により、人間は苦しみもがき続けるんだわ」

「なるほど、苦しみの根幹は考えるという人間のさがにあるのですね」

「そうよ。人間は生まれてきた意義をどうしても考えてしまう。だからこそ、何か価値のあるものを生んでいると実感することが大切なのよ」

マカロニは肩をすくめた。

「知世の言うとおりかもしれません。ですが、永遠に生きたことがないからわかりません。そのような経験者もいないために、ネットから情報を収集することもできません」

「まあ、それはそうね……。わたしはその方がなぜ永遠に生きようと思ったのかに興味があるわ」

マカロニとそんな話をしていると、運転手さんが声を上げた。

「お客様、見えてきました。あの建物が目的地です」

指さす方を見ると、巨大な建造物が姿を現した。

「あれは何……？」

その答えはわかっている。だが、なぜそんなものがここに？

それはどう見てもエジプトのピラミッドだった。

3

大きな鋼鉄のゲートの前で車を止めると、ゲート脇の詰め所から守衛の男性が出てきた。運転手さんが知世たちのことを話すと、大きなゲートがゆっくりと開いた。

中央に噴水のある車回しに車が止まると、観音開きの玄関扉から制服を着た若い女性の係員が現れ、知世に向かって深々と一礼した。内部に案内してくれると言う。運転手さんに礼を言って、知世、陽斗、マカロニの三人は係員のあとに続いた。

聞けば、やはりというか宗教施設だという。玄関から中に入ると、開放的なアトリウムになっていて、天井に切られたガラス窓から空が見えた。

「どうぞこちらへ」

係員の後ろを歩き、白く長い廊下を進んでいく。ピラミッドの中心部へ続いているようだ。

突き当たりに黒い扉が見えてきた。係員の女性はその手前で立ち止まると、知世たちのほうを振り向いた。

「この奥の部屋に、教祖様はいらっしゃいます。ここからは三人でお入りください」

係員が扉脇のキーパッドを操作した。すると、黒い扉が横にスライドして開いた。

知世はいくぶんかの緊張を覚えながら、その部屋の中に足を踏み入れた。


そこは白色の光に包まれた、だだっ広い空間だった。中央に小さな白いピラミッドが鎮座している。ピラミッドの両脇には円柱形の柱が立ち、金属製のようで銀色に輝いている。

広い部屋にあるのはそれだけだ。他には何もない。マカロニは言葉を発しなかった。陽斗も驚いているのか、おとなしくしている。

係員は教祖様がいると言っていたが、どこにもそれらしき人物はいない。

知世はピラミッドに一歩二歩と近づいた。少し普通とは形状が違う。頂上に黒い球体を戴いているのだ。それは何だろうかと思う。

二本の円柱に視線を移すと、上部に楕円形の窓が切られていることに気づく。右側の柱には少し高い位置に、左側の柱には低い位置にある。知世は右側の柱に近づいて、ぴたりと足を止めた。窓の向こうに女性の顔が見えたからだ。

「ええ!?」

マカロニが後ろから言った。

「バイタルサインが反応しません。その方は亡くなっているようです」

窓越しに女性の顔をよく見ると、まつ毛に霜が付着している。この女性は凍っているのだ。

「ど、どういうこと……!?」

知世はすっかり肝を冷やしてしまった。

「それはわたしです」

厳かな女性の声が響いた。

知世は驚いて周囲に首をめぐらせた。どこにも人の姿はない。

「わたしはここです。あなたの目の前にいます」

ピラミッドをあらためて見つめる。声はそこから聞こえてくるようだ。

「ピラミッドの頂、黒い球体の中に、わたしはいるのです」

驚きのあまり言葉が出ない。

四人目の超長寿者とはロボットだったのか!?

「二〇二〇年七月十五日――」

間違いない、球体がしゃべっている。

「わたし、鈴木千歳は自らその命を絶ちました。そして、いまはマイナス一九六度の液体窒素により冷凍保存されています。いつの日か復活する日を夢見て」

それがこの円柱の中で眠る女性だというのか。

知世は混乱した。会えると思っていた超長寿者はすでに死んでいた。声の主もまた〝わたしは命を絶った〟と言った。

ならば、声の主は誰だというのか？

「あなたはいったい誰なの？」

「混乱させてしまったならすみません。わたしは鈴木千歳の精神です。肉体は死亡しましたが、精神はこの球体のコンピュータの中で生きています」

知世はふと思い出して左側の柱を見た。右側よりも三〇センチほど背が低い。上部の窓を覗くと、小さな男の子の顔が見えた。

「わたしの息子、悠馬（ゆうま）です。悠馬は白血病のため、いまから一〇年前に他界しました。十四歳でした。当時の医療技術では手の施しようがなかったのです。いまはいくつかの治療法が確立していますが、残念ながら死者を生き返らせる方法がまだ見つかっていません。わたしは悠馬の死を悼み、うつ病になってしまいました。そして、何もなすすべもないまま、一〇年後に自ら命を絶ったのです」

気の毒な話だ。どうしてそんなことを、とも思う。だが、知世は同じ母親として、千歳の気持ちがわかるのだった。

「ちょっと話を整理させて。あなたと息子さんは亡くなっていて、そのご遺体を冷凍保存している。でも、あなたのほうの精神はコンピュータ上で生きている……。そういうことね？」

「ええ、そのとおりです。悠馬のほうの精神はコンピュータ上にアップロードすることはできませんでした。当時はまだその技術はなかったのです。いつの日か、科学技術が発達し、悠馬がよみがえったとき、わたしの肉体もまたよみがえり、再び会うことができるでしょう」

生前の人柄を偲ばせる、人間味のある温かな声だった。

知世は呆気に取られていた。なるほど。物質である肉体は壊れていき、やがて塵になる。しかし、その精神をコンピュータ上にコピーできるのだとすれば、メディアさえ新しいものと取り替えていけば、永遠に生き永らえることができる。想像を超えるスケールの大きな考え方だ。これまでの超長寿者とはまるで違う。

好奇心が膨れ上がる。知世はピラミッドの頂点にある球体を見つめた。

「千歳さん、あなたはいまその球体の中で生きていると言ったわね。そのメカニズムについて教えてちょうだい」

千歳の声が答える。

「わたしが永遠の命を手に入れた方法は、マインド・アップローディングという技術によるものです。人間の人格や記憶といったものをデジタル化し、コンピュータに転送するのです」

言わんとすることはわかる。しかし、そんなことが実際に可能なのか？　まったく理解不能である。

「マインド・アップローディングについて、いまからその詳細をご説明します。その前に、人間の精神は脳に宿るという考え方に同意していただけますか？」

もちろん、そのとおりだと思う。あらためて聞かれるまでもない。だが、精神の定義が重要になりそうなので、知世はマカロニに精神とは何かと尋ねた。

「精神とは、人間の感情、思考、意志、欲求などを持つ心的な能力のことですが、要するに心のことです」

知世は半分ロボットの男性、マイケル・ダイヤモンドを思い出した。マイケルは脳みそ以外のほぼすべての臓器を人工のものと取り替えていた。脳みそは最後の砦だ。脳を取り替えてしまったら、もうその人はその人でなくなってしまう。

知世はうなずいた。

「そうね、人間の意識は脳にあるでしょうからね。脳があってこそ、自分が自分であると、人は認識できるんだもの」

千歳の声が再び尋ねた。

「では、人間の人格や記憶もまた脳にあります。いいですね？」

「もちろん。脳こそが人間の核だと思うわ」

知世のものわかりのよさに、千歳は安堵したようだった。

「では、脳とは何かというところから始めましょう。その前に場所を移しましょうか。この部屋は少し寒いでしょう？」

「ええ、そうなの」

知世は両腕をさすった。陽斗は冷凍保存された男の子に興味を持ったようで、窓から悠馬をずっと覗き込んでいた。

「隣の部屋へどうぞ。何か温かい飲み物をご用意します」

ピラミッドの奥の壁が音もなく開いた。そこにドアがあるとは思わず、知世は少なからず驚かされた。

三人は入口を通り抜けた。そこはドーム型のやはりテニスコート半面程の広さのある空間だった。ありがたいことにソファが置かれている。エアコンが効いており、室内は暖かかった。

制服を着た若い女性がコーヒーのカップの載ったトレイを持ってやってきた。知世はブラックのままカップに口をつけた。陽斗はシュガースティック二つとたっぷりのミルクを入れた。

そこにはピラミッドも球体もなかったが、再び同じように千歳の声が聞こえた。

「わたしは遍在的存在（ユビキタス）ですから、この施設のどこにでも存在します。いえ、施設の外でもコンピュータがつながれば、どこへでも行けるのです」

「便利なのね」

千歳の声が笑う。

「身体を失って自由になることもあるんです。脳の話に戻りましょう。人間の脳はニューロンと呼ばれる神経細胞により構成されています。その数は人では一〇〇〇億個にも上ります。ニューロンは突起のような枝を伸ばし、互いにつながり合い、電気信号のやり取りを行っています。このつながりの部分をシナプスと呼びます。一つのニューロンが一つのニューロンと接続しているのではなく、多くのニューロンとつながり合い、複数のシナプスを形成しています」

ドームの天井に、ニューロンの図が浮かび上がった。木の枝のような複数の突起を生やしたニューロンが、いくつものニューロンと互いに接続し合い、どんどん大きな塊になっていく。

脳みそだ。わたしたちの脳とは膨大な数のニューロンがネットワークをつくった結果出来上がった塊なのだ。

「驚くべきは一つのニューロンは平均して一万ものシナプスを形成していることです。なので、脳全体でのシナプスの数は一〇の十五乗という天文学的な数になります。いわば、わたしたちの脳はニューロンの複雑なネットワークで出来ているのです。その複雑なネットワーク内で電気信号のやり取りが行われています。これが脳活動の正体です」

記憶や思考、欲求や感情の動き、身体の各部位への伝令といった脳のあらゆる活動は、すべてニューロン間の電気信号のやり取りに過ぎないという事実は、驚くべきことだった。

今度は脳の断面図が現れた。左側が前頭部、右側が後頭部で、脳の左右の真ん中を縦に切断したものだ。

「このニューロンの複雑な配線図のことをコネクトームといいます。人によりニューロンの組成に違いはないので、人の精神が一人ひとり異なるのは、脳のコネクトームが異なるからといえます」

「そうなのね!」

身体を別にすれば、人の違いは脳みその違いによって生まれる。それはわかる。そして、脳みその違いとは、ニューロンの配線の違いだというのだ。考えてみれば当たり前のことなのだが、あらためて言われてみると衝撃だった。

「受胎した時点で決まってしまうゲノムとは異なり、コネクトームは一生を通じて変化していきます。新たに何かを記憶したり経験したりすると、ニューロンの配線図はどんどん変化していくのです。今日こうしてわたしたちが出会い、話し合ったことで、知世さんと陽斗君のコネクトームも変化しているんですよ」

「面白いわ。脳のニューロンの配線図がその人のアイデンティティを生んでいるってわけね」

「ええ、そういうことです。そこで、一人ひとり違うコネクトームをコンピュータ上に再現してやれば、その人の精神をコンピュータに移植したことになるのです。これがマインド・アップローディングなのです」

4

いくつか気になったことはあったが、知世は早く話の続きを聞きたかった。

「具体的にどうやってニューロンの配線図をコンピュータ上に再現するの？」

千歳の穏やかな声が答える。

「超高解像度の脳スキャン装置により、脳を構成するニューロンの詳細な三次元的な配置図をスキャンし、ニューロン一つひとつの活動状態を計測します。それらの情報をコンピュータに転送して、ニューロンの立体的な配線図を描き出します。そうすれば、ニューロンのネットワークを伝わる情報をコンピュータでシミュレートすることができるようになります。コンピュータの中で、わたしの脳を再現するわけですね」

あたかもヤドカリのように、人間が肉体という殻を脱ぎ捨てて、コンピュータに宿を移し替えるという発想に驚嘆させられた。

「トランスヒューマニズムという思想があります。科学の力を借りて、人類を超人的な存在へと進化させることを目指す思想です。トランスヒューマニストたちは、心や精神こそが人間の核であり、それを入れる容器は何でもいいと考えます。その容器の一つが肉体でありコンピュータであるということです。肉体はこれからの時代を生き抜くにはあまりにも脆弱です。人類はもっと自由度の高い容器を自ら選び取り、進化していくことができるのです」

千歳の過激ともいえる考え方に、知世は考えさせられた。

確かに、人間の肉体は脆弱だ。怪我もすれば火傷も負う。放射線に耐えることもできない。だから、その弱い肉体を捨て、便利なコンピュータに精神を転送するという大胆なアイデアに恐れさえ抱いた。

「二一世紀は、太陽系大航海時代と呼ばれています。太陽系を探査すべく、各国が宇宙開発にしのぎを削っています。これからの人類は積極的に宇宙へと進出していくのです」

壮大なテーマにふさわしい力強い声で言う。

「そのとき、人類はしかるべき容器を身に着けていなくてはいけないのです」

マカロニが口を開く。

「宇宙へ進出する時代を見越して、クマムシを研究している人たちがいるそうです」

知世は怪訝な声を上げた。

「クマムシ？　聞いたことはあるけど……」

「クマムシは〝地上最強の生物〟といわれています。体長は〇・一から一ミリメートルほどで、四対の肢(あし)を持つ緩歩(かんぽ)動物に分類される生き物です。マイナス二七三度から一〇〇度の温度にさらされても平気で、真空から七万五〇〇〇気圧までの圧力、数千グレイの放射線にも耐えることができます。ちなみに、人間は一〇グレイの放射線を一時に被曝すると一〇〇パーセントの確率で死亡します。この放射線への耐性を生む遺伝子を人間の細胞に導入しようという研究が進んでいるんです。実際、人間にその耐性を移すことは可能だそうです。そうなれば、人間は有害な宇宙線の満ちた宇宙空間でも活動することができますね」

「クマムシの遺伝子を導入したら、クマムシみたいな姿形になるの？」

知世はびっくりして聞いたが、マカロニは笑った。

「いいえ、そういうことにはならないので安心してください。それに、クマムシの遺伝子を人間に組み込むことは、いまのところ生命倫理的にまだ認められていません」

知世は少しほっとした。しかし、それはいまのところだ。人類が本気で宇宙空間に進出しようと決めたときには、他の生物の遺伝子が人類に組み込まれるようになる可能性は十分にある。

「身体を遺伝的に改変することで、肉体という容器を強力にするのも一つの手です」

千歳が真面目に応じた。

「ですが、宇宙へ進出する時代に要求される寿命は百年単位ではありません。火星に旅行に行くだけでも、現在の技術では、二〇〇日から三〇〇日はかかります。太陽系の外に出ようと試みれば、千年、いや、それ以上の時間が必要になります。そんな時代には、わたしたちの肉体はふさわしくないと思うのです」

知世は先ほど感じた気になったことを思い出した。

「マインド・アップローディングについては、いろいろと疑問が湧くわ」

「何でも質問してください」

「コンピュータ上で、脳のニューロンの配線図を再構築し、個々のニューロンの動きを再現するというのはわかったわ。でも、そもそも論として、機械に精神が宿るのかしらね?」

千歳がふっと笑う声が漏れた。よくある質問の一つなのに違いない。

「コンピュータにも精神は宿ります」

きっぱりとそう断言する。

「たとえば、こんな思考実験をしてみてください。脳にあるニューロンは電気信号のやり取りをしているとお話ししましたね。このニューロンを同等の電気出入力機能を持つ極小のシリコンチップと置き換えていくのです。知世さんのニューロンを一つのチップに置き換えるとしましょう。それでもまだ知世さんは知世さんのままですよね?」

「ええ、わたしはわたしのままだと思うわ」

「では、次にまた一つニューロンをチップに置き換えます。それでもまだ知世さんは知世さんのままでしょう。おそらく脳の十分の一をチップに置き換えても、たぶん知世さんは変わらず知世さんのままだと思います」

「ええ、そう思うわ」

「では、知世さんの脳をすっかりチップに置き換えてしまったらどうでしょう。知世さんの脳がすっかりシリコンの塊になってしまったとしたら？」

「ええっ！　いつの間にか、わたしはわたしではなくなってしまった……!?」

「テセウスの船ですね」

マカロニがネットに検索をかけたらしい。

「ギリシャ時代の伝説の巨船……、テセウスの船の古くなった板を少しずつ交換してすべての板を入れ替えたとしたら、その船は元のテセウスの船と呼べるのかどうか」

知世はすっかり困惑してしまった。

「マカロニ、すっかり板を交換したテセウスは、元のテセウスと呼べるの？　脳みそがシリコンの塊になったわたしは依然としてわたしなのかしら？」

それには千歳が答えた。

「もちろん、テセウスはテセウスだし、知世さんも知世さんのままですよ」

「どうしてそう言い切れるの？」

「ニューロンを一つずつチップに取り替えていく過程のどこかで、ぷつりと知世さんの意識が途絶えるとは考えにくいからです。最後のニューロンを取り替えても、知世さんの意識は保たれたままでしょう。意識が保たれているということは、本人のままだということです」

「な、なるほど……」

「すなわち、人工物にも意識は宿るということです」

驚くべきことだ。人間の核は脳にあると思っていたが、その脳をそっくりシリコンのチップに取り替えても、わたしはわたしのままでいられるというのだから。

「とはいえ、人間の脳には一〇〇〇億個のニューロンが存在し、そのそれぞれが数千個のニューロンから入力を受け、数千個のニューロンへと出力しています。非常に複雑な配線図であり、人間の脳を人工物で再現することはほぼ不可能です。そのため、コンピュータ上でシミュレーションされたコネクトームに意識を宿そうというわけです」

頭がこんがらがってきた。話をちょっと整理してみよう。

「人工物にも意識が宿ることはわかったわ。でも、コンピュータでシミュレーションされた脳にもまた意識は宿るのかしら？」

「脳のニューロンとコンピュータを直接つないで、コンピュータ内でのシミュレーションによるニューロンに置き換えていきます。それを一つずつ行っていけば、やがてすべてのニューロンをコンピュータ内でシミュレーションすることが可能になります。そして、このどの段階でも意識は保ち続けるでしょう。つまり、コンピュータ内でシミュレーションされた脳にも意識は宿ることになります」

コンピュータの中に、脳のコネクトームを正確に再現でき、その電気的な活動を正確にシミュレートできるのであれば、意識もまた宿るのかもしれない。でも、意識が正常に移行したと確かめる方法はあるのだろうか？

「自分の精神がコンピュータにアップロードされたかどうかを判断する方法はあるの？」

「チューリング・テストというものがあります。一九五〇年にアラン・チューリングによって提唱されたもので、人工知能が人間と同等の知能を持つと判断されるかどうかを評価するために用いられるテストのことです。人間と機械がチャットを通じて対話を行い、審査員が人間と機械を判別できなければ、その機械は人間と同等の知能を持っていると判断されます」

「それで判断できるの？　マカロニでもそんなことはできるけど、マカロニに意識はないはずよ」

マカロニが応じる。

「はい、わたしに意識はありません」

千歳が答える。

「その場合には本人しか知り得ない記憶で判断します。たとえば、〝あなたが体験した一番楽しい思い出は何ですか？〟といったプライベートなものです。過去の記憶をきちんと保持しているのならば、アップローディングは成功したと判断します」

「なるほど……」

まだ何かしっくりと来ない。それが何だろうかと考える。

コンピュータの中で再現された脳にも意識は宿るという。記憶があるのなら、それが本人であると確認もできる。だが、何かもっと重要なものを見落としているような気がする。

「身体から意識をコンピュータにアップロードする過程で、何かが失われるということはないのかしら」

千歳は知世の心を見通している。

「たとえば、魂とか……？」

「そうよ。わたしはたぶん魂の存在を信じているのかもしれないわ」

「霊魂の存在を信じている人は多いです。霊魂という概念は太古からあるもので、非物質的なもので、朽ち果てることはない。霊魂こそが本当の自分であるとするものです。身体が死んでも霊魂は生き残り、来世へと不死の旅を続けることができる。霊魂は身体と違い、不朽であり、永遠であると……」

「わたしたちは霊魂の存在を信じることで、不死の願いを叶えることができるんだわ」

「古代には科学がありませんでしたから、人々は霊魂を信じることでしか不死を夢見ることができなかったのです」

「でも、本当に霊魂がないと言い切れる？」

千歳は厳然とした口調で答える。

「はい。考えてもみてください。わたしたち人類の歴史をさかのぼれば、サルからネズミのような哺乳類、いえ、さらにその前の、爬虫類、両生類、魚類、そして、単細胞の生物にまで至ることができるでしょう」

「ええ、進化論を信じるならば、そういうことになるわね」

「知世さんは、単細胞の生物に霊魂があると思いますか？」

それには即答できる。

「それはちょっと考えられないわね」

「では、進化の歴史のどの段階で霊魂は生まれたのでしょう？」

すぐには答えることができない。

「魚類でしょうか？　それとも、両生類には霊魂はあるでしょうか？」

「た、たぶんないと思うわ……」

「では、人間になってはじめて霊魂が生まれたと思いますか？　だとしたら、人間だけを特別扱いしすぎだと思います。それは人間の傲慢です」

まったくもって、千歳の言うとおりだ。

知世は素直に認めた。

「確かに、そのとおりね。単細胞生物に霊魂がないのならば、人間にも霊魂はないのかもしれない……」

千歳は次にまたしても衝撃的なことを言った。

「わたしたちの本質とは霊魂ではないのです。情報なのです」

「情報……？」

「はい。わたしたちはＤＮＡを持つ六〇兆の細胞を部品としてつくられた機械であるといえます。その細胞は分子によって、その分子は原子によってつくられています。脳も身体も基本的には人間のつくった人工的な機械と何ら変わるところはないのです。わたしたちは原子の集まり、そう思われていました」

「そうではないのね？」

「ええ。実のところ、わたしたちは機械でもなければ、物質の集まりでもありません。機械も物質も人間の情報を貯蔵するための手段にすぎないのです」

知世は言葉を失った。

霊魂はない。代わりに、情報があった。

わたしたち生物の本質とは情報なのだ。

5

「ごめんなさい。ちょっと休ませてもらうわ」

知世はふうっと息を吐き出した。額を手で押さえる。少しめまいがした。

「大丈夫ですか？」

千歳が気づかわしげに尋ねてくる。

「ええ、ごめんなさいね。ちょっとだけ休めば大丈夫よ」

疲れたのかもしれない。いや、それだけではない。恐怖を感じたのかもしれなかった。

わたしたちの本質は情報であるがゆえに、肉体からコンピュータへと自由に移行することができる。情報を記憶する媒体は何でもいいのだ。

「わたしたち人間はどこへ向かっているのかしらね」

そんな言葉が勝手に口からこぼれていた。

不老不死は人類の夢だ。そのために、超長寿者たちは自らの身体を機械と取り替え、遺伝子をいじくり、ナノテクノロジーに希望を託した。そして、人は肉体の身体をかなぐり捨て、コンピュータという殻を身にまとおうとしている。

人類は何者になろうとしているのか？　ついそんなふうに思ってしまう。

千歳は答えを持ち合わせていた。

「わたしたちは進化するように運命づけられているだけです」

「進化……」

「進化とはただ乗り物を乗り換えていく旅のようなものです」

今日一日で何回衝撃を受けたことだろう。

千歳は話を続けた。

「知世さん、あなたは人類がどのように誕生したか、思いを馳せたことがありますか？　人類の長い歴史を考えてみたことがあるでしょうか？　人類の歴史とはホモ・サピエンスになってからの歴史だけではありません。人類を生んだ遺伝子は地球に生まれた最初の生命体にまでさかのぼります。それはたった一つの小さな細胞を持った生物でした。アメーバのようなものです。つまり、人類の歴史とは、生命の歴史であり、それは地球の歴史、いえ、宇宙の歴史ともいえるのです」

ドームが真っ暗闇に包まれたかと思うと、天空が星の輝きに満ちた。天の川だ。いまよりも巨大な月も見える。大小の隕石が降り注ぎ、轟音が鳴り響いている。地表は真っ赤なマグマの海に覆われ、体験したこともない大雨が降り注ぐ。

誕生したばかりの地球だ。

千歳の声が空から流れる。

「四六億年前、太陽系の他の天体とともに、地球は宇宙の塵から生まれました。惑星との大規模な衝突により、マグマの海が出来上がり、地表は高温ガスに覆われています。やがて、大気の温度が急速に下がると、激しい雨が大地を叩きました」

知世は空を見上げた。たくさんの雨粒が迫ってくる。だが、顔が濡れることはない。これはリアルだがバーチャルなのだ。マカロニが驚いている。陽斗が両手を広げて、歓声を上げている。

「大地は冷え、固まって、地殻を形成します。そして、地表の大部分は広大な海となりました。このころには、水素や二酸化炭素、一酸化炭素、窒素などからなる初期の大気も生まれます。生命が誕生する余地などまったくない過酷な環境であったと考えられます」

ドームが海の中へ潜った。太古の海だ。

「地球が誕生して数億年が過ぎると、海の中で最初の生物が誕生しました。無機物から有機物がつくられ、やがて、細胞膜のようなものが形成され、有機物を取り込み、代謝のような反応を生じるものが出現したのです」

無数のアメーバのような単細胞生物が生まれ、海中のたんぱく質などの有機物を呑み込んでいく。

「四〇億から二五億年前という気が遠くなるほど長い間、地球に生息していたのは、細菌や古細菌と呼ばれる単細胞で核を持たない原核生物でした。そのうちに、光合成を行うシアノバクテリアの誕生により、大気の酸素濃度が上昇しました。そして、酸素を利用する生物が繁栄することになります。

約二〇億年前、細胞内に核を持つ真核生物が生まれたことは、生物の進化史上とても重要なことでした。わたしたち人間を含む動物や植物はこの真核生物から生まれたのです。そこから、多細胞の生物が生まれ、大型化していきました。いまから六億年ほど前の原生代には、多様な姿を持つ生物が数多く現れました」

海の底には、見たこともない形状の生物がうごめいていた。巨大な葉っぱのような形状の生物、平べったい巨大な草鞋(わらじ)のような生物、頭部に吻(ふん)のような器官を持つ生物……。いまではすっかり姿を消してしまったものばかりだ。

「そして、カンブリア紀後期の五億五〇〇〇万年前、現在見られるほとんどすべての動物門(もん)が突然出現しました。〝カンブリア爆発〟です。巨大なエビのようなアノマロカリス、有名な三葉虫、ナメクジウオのようなピカイアなど、不思議な形状をした動物が爆発的に生まれました。やがて、魚類が大繁栄し、陸上にも適応できる両生類が生まれます」

ドームが海から陸へと移る。地表を大小の木々が覆い尽くし、緑の森が広がっていく。

「約四億年前、陸上へ植物が進出し、シダ植物、裸子植物が繁栄し、大森林時代が到来します。昆虫が生まれたのもこのころです」

巨大なトンボが川辺に広がる草むらを飛んでいる。昆虫たちはみな、いまのものよりも大きな身体を持っている。

「二億五二〇〇万年前には史上最大の絶滅が起こりました。種のレベルでは九六パーセントが地上から姿を消しました。四度の大量絶滅を経験したのち、約二億年前、ついに恐竜の時代がやってきます。ティラノサウルスやトリケラトプス、ステゴサウルスなどは有名ですね。恐竜はだんだん巨大化して、スーパーサウルスのような、全長三三メートル以上、体重四〇トンを超えるものも出現しました。三畳紀の初めから白亜紀末までの二億年もの間、恐竜たちは地上に君臨していました」

大草原を首長竜のプレシオサウルスが悠々と闊歩している。空には翼竜のプテラノドンが羽を広げ、弧を描いている。ティラノサウルスが小型の哺乳類を狩るために、大地を駆けていく。こんな時代に人間がいたら、ひとたまりもないだろう。

「しかし、いまから六六〇〇万年前、恐竜をはじめとする地球上の生物は五度目の大量絶滅を迎えます。七五パーセントもの種が絶滅しました。直径一〇キロメートルほどの小惑星が地球に衝突したのです」

空から巨大な隕石が降ってきた。恐ろしい轟音と光がドームに広がる。大爆発だ。

「恐竜の絶滅後は、鳥類と哺乳類が繁栄しました。われわれ人間の祖先である霊長類もこの時代に誕生しています」

ネズミのような小型の哺乳類が地上を這い回り、昆虫を捕食している。空には鳥が鳴きながら飛び交っている。

「そして、いまから七〇〇万年前に、ようやく人類が誕生するのです」

猿のような生き物がだんだんと直立二足歩行になっていく。体毛が薄くなり、脳の容量が大きくなる。

そして、われわれ人類、ホモ・サピエンスが誕生した。

「一万二〇〇〇年前ごろ、農耕が始まり、そして、文明が生まれました。緩やかに文明は進歩していき、やがて、産業革命を迎えます。少しずつ科学技術がその進化の速度を速め、人類史上、最悪の発明品、核爆弾が広島と長崎に落とされました」

原子爆弾の巨大なキノコ雲が立ち昇った。周囲に灼熱の地獄が広がる。陽斗が耳を塞ぎ、悲鳴を上げた。

それからの映像は目まぐるしかった。日本のみならず世界各国の移り行く都市や市井(しせい)の風景が次々と映し出されていった。空を行き交う飛行機、街を走る自動車、テレビから流れる映像、パソコン、スマートフォン……。

「地球の歴史を一年とすると、人類の歴史はたったの四時間に過ぎません。ですが、人類はたったそれだけの時間の間に、これほどまでの変化を遂げてきたのです。これから先、人類はさらに速度を上げて、進化していくことでしょう」

ドームが宇宙へ移り、そして、いま現在の地球を見下ろした。

「一〇〇年後、一〇〇〇年後の地球を見たいですか？」

千歳の声が語りかける。

「一〇〇〇〇年後は？　わたしたちは生きているでしょうか？」

いつしか、知世は青い地球を観ながら涙を流していた。

6

ドームの天井から映像が消え、元の明るく白い空間に戻った。

知世はお決まりの質問をぶつけた。

「千歳さん、あなたはなぜ永遠に生きようと思ったの？　息子さんと再会したかったから？」

「ええ、そうですね……」

千歳は慎重に言葉を選ぶようにして答える。

「悠馬がよみがえるにはナノテクノロジーのさらなる進展を待たなくてはなりません。遺体を解凍するには冷凍により傷ついた細胞の大掛かりな修復が必要となります。原子の一個一個を扱えるナノボットならば、傷ついた細胞をわけなく修復できるでしょう。脳を生き返らせること、そして、記憶を復活させること、この二つが何よりも大事なんです。この大掛かりな修復ができるナノテクノロジーはまだありませんから」

「もしも、冷凍保存が無事解凍されるようになれば、あなたと悠馬君の身体はよみがえり、再び相見えることができる？」

「ええ」

「そのあとはどうなるの？　あなたと悠馬君は肉体の寿命を全うするの？　それとも、またコンピュータの中にアップロードされるの？」

「わたしはまだ迷っています。二人とも肉体としてよみがえるか、それとも、悠馬の精神をコンピュータにアップロードして、コンピュータの中で精神として再会するのか」

知世は口を挟まずに千歳の言葉を待った。

「肉体はやがて朽ち果てていくものでしょう。でも、コンピュータの中ならば永遠に生きることができます」

「あなたはなぜ永遠に生きたいの？」

返ってきたのは意外な言葉だった。

「いいえ、わたしは永遠に生きたいわけじゃないのです。死ぬのが怖いわけでもない」

「じゃあ、どうして？」

「わたしが怖いのは愛を失うことです。悠馬との想い出を失うことです。悠馬にもまたわたしとの想い出を忘れてもらいたくない。それだけなんです」

　知世は胸を衝かれた思いだった。当然ながら、死んでしまえば、愛する人ともう二度と会うことはかなわない。そして、愛し合った記憶さえも永遠に奪い去られてしまう。

「悠馬は、小さいころから身体の弱い子供でした」

　千歳は昔を懐かしむように続けた。

「学校も休みがちでしたから、なかなか友達ができませんでした。たまにやさしくしてくれる子もいます。病院にまでお見舞いに来てくれる子もいました。でも、彼らもいつか悠馬から離れていってしまう。たぶん、親が子供に言い聞かせるのでしょう。〝あの子と仲よくするのはやめなさい〟と……。それは親心でもあるのです。どうせ長くは生きられない子と仲よくしても、自分の子供が哀しむだけです。ならば、初めからかかわり合わないほうがいい。わたしはそんな親たちを責める気にはなれません。

　わたしの夫とは悠馬が生まれて間もなく離婚して、それ以来、わたしたちは会っていません。だから、悠馬にはわたししかいなかったんです。悠馬はわたしを頼り、わたしもまた悠馬を頼りました。世界にわたしと悠馬だけしかいないみたいに……。それは不健全なことだとわかっていましたが、どうしようもありませんでした。あの子にはわたしが絶対的に必要だったから……」

「わかるわ。あなたの気持ちは、わたしには痛いほどわかる」

「親の子への愛はみな深いものだと思いますが、わたしたちの愛はことさら深いものだったんです」

千歳は涙声になり続けた。

「だから、わたしはまた悠馬に会いたい。そのときが来るのを永遠に待っているのです」

7

鈴木千歳さんは知世に似ていた。知世は夫を亡くしたが、千歳さんは離婚していた。そして、ともに病気を持った一人息子がいる。だから、千歳さんの気持ちはよく理解できた。親と子の間に通い合っていた愛をいつまでも失いたくないという想いもわかる。二人とも死んでしまったら、その愛も永遠に失われてしまう。それは哀しいことだ。それは淋しいことだ。

ならば、永遠に生きよう。永遠に愛を忘れないように。

それがたとえコンピュータの中だとしても。

千歳さんは実体を持っていなかったが、ロボットとして生まれ変わることも可能だろう。人間の意識を持ったロボットだ。

未来にはさまざまな選択肢があると思い知らされる。

知世には少し刺激が強すぎたのか、宗教施設を出たときにはすごく疲れていた。せっかくなので、鎌倉の海を見ることにした。ハイヤーの運転手さんに近くの駐車場で待ってもらい、知世と陽斗とマカロニは海辺までゆっくりと歩いた。あたりには潮の甘い匂いが漂い、海風に髪がなぶられて乱れた。

知世は浜辺に腰を下ろした。隣にマカロニが体育座りをする。陽斗は靴を脱ぎ、靴下を放り出すと、波打ち際に向かって駆け出した。水遊びをするには冷たすぎるはずだ。それでもかまわず、陽斗はくるぶしまで水に浸かり、寄せては返す波にさらわれる砂を見ていた。

「遠くに行ってはダメよ。浅瀬で遊んでいなさいね」

息子の耳に届いたかどうかはわからない。知世は声を上げるのも億劫(おっくう)だった。

きらめく海をながめて、大きく息をつく。

「何だかんだ言って、日本の風景が一番落ち着くわね。やっぱりわたしは日本人なんだわ」

いま知世は幸福感に包まれていた。この一カ月の間、四人の超長寿者たちに会った。それぞれに問題を抱え、超長寿を望んだ者たちだ。彼ら彼女らの死生観からは学ぶことが多くあった。考えさせられることも多かった。

誰もが死を恐れるだろう。

誰もが享楽を追求したいだろう。

誰もが未来を見たいだろう。

そして、誰もが愛を失いたくないだろう。

知世も同じだった。死を恐れ、まだ人生で何かを成し遂げ、また、未来を見たかった。

そして、愛を失いたくなかった。

世界中を隈なく探せば、知世の命をわずかでも長くするすべはあるかもしれない。

でも、もういい。

知世は悟った。永遠はわたしには永すぎると——。

夫を愛し、彼の遺した仕事に生涯を捧げた。そして、陽斗を心から愛した。息子とともにいた時間は少なかったかもしれない。しかし、誰にも負けないいくらい陽斗のことを深く愛してきた。かけがえのない時間だった。

人生にまったく後悔がなかったとは言わない。

でも、すべてそれでよかったのだと思える。

不安はある。陽斗がこれから先、一人で生きていけるのか。でも、それは息子の人生なのだ。信じるしかない。

いまはそう思える。

これから生きていく人たちに任せよう。

「知世さん、大丈夫ですか？」

マカロニの言葉が遠くに聞こえる。

「マカロニ、いままでありがとう」

知世は波とたわむれる陽斗を見つめた。はしゃぐその笑顔がまぶしく光り輝いている。

陽斗は知世にとって太陽だった。陽斗にとって知世が太陽だったように。

「陽斗……。あなたのことを永遠に愛しているわね」

知世はそっと目蓋（まぶた）を閉じた。

エピローグ

ぼくのお母さん、宇佐美知世が死んだ。享年五七歳だった。

通夜と葬式は目まぐるしく過ぎた。秘書の近藤梨奈さんが取り仕切ってくれたから、ぼくは何もしないで済んだ。言われたように、ただおとなしくしていただけだ。

あいさつはした。梨奈さんと二人で文章を作成して、みんなの前でそれを読み上げた。お母さんへの感謝を綴った短い手紙だった。立派な言葉を使ったつもりはないし、たどたどしくしか読み上げることはできなかったが、弔問客の中には泣いてくれている人もちらほらいた。

お母さんは立派な人だった。お父さんが遺した会社を大きくした。仕事に生きた人だった。だから、仕事関係の人たちが大勢弔問にやってきた。みんなはぼくにお悔やみの言葉を述べた。

お母さんの遺体が火葬される前、最後の言葉をかけるとき、ぼくは「お母さん、ありがとう」と話しかけた。あの世というものがあるのならば、その言葉を持っていってもらいたいと思ったからだ。

そして、そのとき初めて、ぼくは泣いた。自分でも止められないほど泣いた。梨奈さんが肩をさすってくれる。もう十六歳の高校生がそんなに大声で泣くのは子供じみているのはわかっているけれど、ぼくは泣くのを止められなかった。

一時間半ほどして火葬が終わると、骨上げのために呼ばれた。お母さんだったものは消えてなくなり、小さな骨だけになっていた。ぼくは骨と灰を箸で拾い、骨壺の中に収めた。そのときはもう泣いていなかった。

それから一週間が経ち、お母さんの遺言に従って、ぼくは骨壺を持って、近藤梨奈さんと一緒に鎌倉の海へ向かった。マカロニにもついてきてもらった。マカロニが行きたいと言ったからだ。

お母さんはお墓には入りたがらず、海への散骨を希望していた。ぼくもそのやり方が気に入った。

お母さんは自然に還るのだ。

宇佐美辰郎、お父さんのことを思い出す。お父さんとの想い出は少ない。お母さん以上に、仕事でとても忙しい人だったからだ。一番古い想い出は、ぼくを見る困惑した表情だ。

——どうしてこの子は普通と違うのだろう。

お父さんの目はそう語っていた。一緒にどこかに出かけたという記憶もあまりない。一度、ディズニーランドに連れて行ってもらったことがあるが、面白かったという気持ちは湧き上がってこない。何に乗ったのかも覚えていないくらいだ。

本当はお父さんは息子に会社を継がせたかったのではないか。しかし、こんなぼくだから継がせられないことに深く失望したのではないか。子供ながらに親の気持ちを察していたのかもしれない。

お父さんがヘリコプターの事故で亡くなったと聞いたときも、ぼくは特に何も感じなかった。もともと顔を合わさない人だ。もう二度と会えなくたってどうってことはない。でもいま、お父さんが生きていたら、お母さんの死をどう感じるだろうかと思う。もちろん哀しむに決まっている。

ぼくはお父さんと一緒にその気持ちを分かち合いたかった。死んでしまうと、そんなこともできない。

そして、お母さんが死に、一人ぼっちになってしまってようやく、お父さんの死を哀しいと思うことができた。

「お父さん、ありがとう……」

ぼくは骨壺の蓋を開け、海に向かって遺灰を撒いた。

「お母さん、ありがとう！」

白い灰は青い海に溶けて消えた。

「あの世で待っていてね！　また会おうね！」

梨奈さんが隣で泣いていた。ぼくもまた涙を流した。

「ぼくは……、学校に行こうと思っているんだ」

言葉につかえながら、ぼくはなんとかそう言った。

「それからね、絵を描くことを続けながら、将来は仕事に就こうと思っているんだよ」

近藤梨奈さんは涙を拭うと、目を輝かせてぼくを見た。

「素晴らしいことだと思います。お母さんもきっとあの世で喜んでいますよ」

「うん、ぼくもそう思う」

そばでマカロニが梨奈さんとぼくをじっと見守っていてくれた。

人は死んだらどこに行くのだろうと考える。天国があるのだろうか。あるならあるで、それは素敵なことだ。

でも、たとえ天国がなかったとしてもそれでいいと思う。

お母さんは焼かれて灰になった。その灰はさまざまな元素の原子で出来ている。この地球に残って永遠に消えない。

地球がやがて壊れても、太陽が燃え尽きようとも、この宇宙に残って永遠に消えない。

人は死んで永遠になるんだ――。

ぼくはそう思った。

了

あとがき

本書はいま現実に存在している、あるいは、現在研究中の科学技術をベースにした小説となっています。作者が見聞きした体験談を織り交ぜており、どこからどこまでが本当の話かということは、物語の興を削ぐために言わないでおきます。世界のどこかには〝超長寿者〟が存在しているかもしれないし、していないかもしれない。それは読者のご想像にお任せいたします。

第1章から第4章まで章が進むごとに、実現にはより高いレベルの科学技術が必要になりますが、どれもけして荒唐無稽な夢物語ではありません。世界各地で優秀な科学者たちがさまざまな切り口から不老不死の研究を行っています。

永遠に生きる——。

人類が抱く普遍的なテーマの一つです。誰もが死は恐ろしい。死にたくない。ならば、永遠に生きるしか方法はない。かつては人はやがて死ぬ以外に選ぶ道がありませんでした。

しかしいま、永遠に生きるという選択肢が見え始めています。

その是非については、人それぞれ考えるところがあるでしょう。その人の持つ死生観や宗教観にもかかわってくる問題です。また、地球という環境なくして、わたしたちは生きられません。永遠に生きることを夢見るとき、地球環境についてもまた考えなくてはいけません。環境問題、食料・エネルギー不足、人口爆発など、多くの課題を抱えた時代にわたしたちは生きています。人類はこれから黄昏の時代を迎えるのか、それともまだまだ繁栄を続けていくのか。今後の科学技術の進展が運命を決すると言っても過言ではないでしょう。

急速に進歩の速度を上げる科学技術に期待を抱く人、逆に不安を覚える人もいるかと思いますが、抗えない流れとして、これから先は想像を絶する速度で科学技術は進展していきます。それはわたしたちの選ぶ選択肢が増えるということでもあります。

ハーバード大学医学大学院教授のデビッド・シンクレアはその著書『ライフスパン』の中で、「今現在、地球に暮らしている人のほとんどは、１００歳まで届くのを十分に期待していい。１２０歳は今のところ寿命の上限とされているが、開発中のテクノロジーが実を結べば、多くの人がその年齢まで、しかも健康な状態で到達する可能性がある」と語っています。超長寿を選ぶのも選ばないのも、人それぞれの自由です。多様性の時代、選択の幅もまた広がるのです。考えようによっては、素晴らしい時代がやってくるかと思います。

本書には最新の情報を載せているつもりですが、科学は日々進歩しています。紹介した情報が古いもの、間違ったものになってしまう可能性は大いにあります。また、科学者が真逆の説を唱えることはよくあります。作者が恣意的に選んだ研究をご紹介していることをご了承ください。

現代は人生一〇〇年時代といわれています。今後さらに長くなることは間違いなさそうです。読者のみなさまのこれから先の人生がより充実した幸福なものになりますよう、お祈りしつつ筆を擱(お)きます。

二〇二四年一月

中村　啓

主な参考文献

本著を執筆するに当たりまして、左記の著作物を参考にさせていただきました。一部引用させていただいた箇所もあります。公式のインターネット・サイトも参考にいたしました。心より感謝を申し上げます。

『Beyond Human 超人類の時代へ』イブ・ヘロルド　ディスカヴァー・トゥエンティワン
『人体はすべて機械化できる?―人工臓器医工学講座入門』山家智之　東北大学出版会
『ケンブリッジ大学・人気哲学者の「不死」の講義』スティーヴン・ケイヴ　日経BP
『死の講義』橋爪大三郎　ダイヤモンド社
『不老不死ビジネス 神への挑戦 シリコンバレーの静かなる熱狂』チップ・ウォルター　日経ナショナルジオグラフィック
『CRISPR（クリスパー）究極の遺伝子編集技術の発見』ジェニファー・ダウドナ、サミュエル・スターンバーグ　文藝春秋

『若返るクラゲ　老いないネズミ　老化する人間』ジョシュ・ミッテルドルフ、ドリオン・セーガン　集英社インターナショナル
『ゲノム編集の光と闇（ちくま新書）』青野由利　筑摩書房
『寿命遺伝子　なぜ老いるのか　何が長寿を導くのか』森望　講談社
『LIFESPAN：老いなき世界』デビッド・A・シンクレア　東洋経済新報社
『なぜ美人ばかりが得をするのか』ナンシー　エトコフ　草思社
『創造する機械―ナノテクノロジー』K・エリック・ドレクスラー　パーソナルメディア
『ナノフューチャー――21世紀の産業革命』J・ストーズ・ホール　紀伊國屋書店
『ナノテクノロジー　極微科学とは何か』川合知二　PHP研究所
『不死テクノロジー――科学がSFを超える日』エド・レジス　工作舎
『ナノテクの楽園―万物創造機械の誕生』エド・レジス　工作舎
『コネクトーム：脳の配線はどのように「わたし」をつくり出すのか』セバスチャン・スン　草思社
『トランスヒューマニズム：人間強化の欲望から不死の夢まで』マーク・オコネル　作品社
『脳の意識　機械の意識‐脳神経科学の挑戦』渡辺正峰　中公新書
『ポスト・ヒューマン誕生　コンピュータが人類の知性を超えるとき』レイ・カーツワイル　NHK出版
『46億年の地球史：生命の進化、そして未来の地球』田近英一　三笠書房
『限りある時間の使い方』オリバー・バークマン　かんき出版

主な参考文献

『自閉症のハルと家族の特上の日々』beth　彩図社
『自閉症の僕が跳びはねる理由』東田直樹　KADOKAWA
『ギリシア・ローマ神話事典』マイケル・グラント、ジョン・ヘイゼル　大修館書店
『SCIS 科学犯罪捜査班：天才科学者・最上友紀子の挑戦』シリーズ　中村啓　光文社

著者略歴

1973年、埼玉県和光市生まれ。東京都武蔵野育ち。第7回「このミステリーがすごい！」大賞・優秀賞を受賞し、『霊眼』（宝島社）にてデビュー。異色のサイエンスミステリーである『SCIS 科学犯罪捜査班 天才科学者・最上友紀子の挑戦』（光文社）シリーズが、2022年、日本テレビ×Huluにて『パンドラの果実～科学犯罪捜査ファイル～』としてドラマ化。

永遠に生きる方法

二〇二四年二月九日　第一刷発行

著者　中村啓

発行者　古屋信吾

発行所　株式会社さくら舎　http://www.sakurasha.com
東京都千代田区富士見一-二-一一　〒一〇二-〇〇七一
電話　営業　〇三-五二一一-六五三三　FAX　〇三-五二一一-六四八一
編集　〇三-五二一一-六四八〇
振替　〇〇一九〇-八-四〇二〇六〇

装丁　アルビレオ

カバー写真　ktsimage／PIXTA

印刷・製本　中央精版印刷株式会社

ISBN978-4-86581-414-9